KB063373

로크미디어가
유혹하는
재미있는 세상

ROK
MEDIA
로크미디어

짐승 같은 뉴비 8

2022년 8월 12일 초판 1쇄 인쇄
2022년 8월 18일 초판 1쇄 발행

지은이 예정후
발행인 김정수 강준규

기획 이기헌 왕소현 박경무 강민구 조익현
책임편집 천기덕
마케팅지원 이원선

발행처 (주)로크미디어
출판등록 2003년 3월 24일
주소 서울시 마포구 성암로 330 DMC첨단산업센터 318호
Tel (02)3273-5135 **편집** 070-7863-0307 **Fax** (02)3273-5134
홈페이지 rokmedia.com **E-mail** rokmedia@empas.com

ⓒ 예정후, 2022

값 8,000원

ISBN 979-11-354-7466-8 (8권)
ISBN 979-11-354-7458-3 04810 (세트)

Contents

실망스러운 뉴비   7

패배자 뉴비   63

만렙 뉴비   185

거부할 수 없는 뉴비   303

실망스러운 뉴비

관악산, 클로저스의 클랜 하우스.

수혼검에 관한 자료를 찾기 위해 오빠의 집무실에 왔던 최신우는 창밖을 내다보고 있었다.

"아주 난리가 났네……."

지금 정문 앞에서는 한바탕 소란이 일어나고 있었다.

"매국 헌터! 물러가라!"

"국내 공략! 안 하면서!"

"러시아는! 웬말이냐아앗!"

피켓과 전단지, 고출력 스피커와 LED 전광판으로 무장한 시위대가 클랜 하우스 앞에서 고래고래 소리를 질러 대고 있었다.

꽤 위태로워 보이는 풍경.

모여 있는 사람들은 한목소리로 최원호와 클로저스 클랜의 행각을 비난하고 있었다.

실은 시위대뿐만이 아니었다.

[영웅일보] 〈단독〉 클로저스 백수현, 돌연 러시아行…… 국내 게이트는 관심 없어?

[마이 히어로] 퀸쿼러스 연합, "백수현의 오만함과 무책임함에 강력 규탄!"

[게이트 저널] 〈여선영이 묻는다〉 자국 게이트를 돌보지 않는 헌터, 국가 차원에서 제제가 필요한 시기.

인터넷에서도 '백수현'을 때리는 기사들이 줄을 잇는 중이었다.

이들에 의하면, 클로저스 클랜과 최원호는 타국과 결탁하여 한국 헌터들을 유출하고 게이트 자원을 빼돌리는 천하의 범죄자들이었다.

"백수현은! 각성하라!"

"클로저스! 각성하라아앗!"

각성?

"오빠는 각성한 지 오래됐는데."

–그러게 말이야. 그것도 특성이 다섯 개!

"……."

해청이 해묵은 유행어를 따라하며 최신우의 기분을 풀어 주기 위해 노력했으나 그녀는 조용히 웃기만 했다.

집무실에 경재현과 헌드레드가 나타난 것은 그때였다.

"아, 여기 있었구나? 헌드레드 헌터님이랑 같이할 이야기가 있어서."

"한채미 헌터님, 어제 요청하셨던 재료 수급이랑 고용 계약서……. 음?"

최신우에게 다가가던 두 사람은 바깥이 소란스러운 것을 느끼고 인상을 찌푸렸다.

"어라? 헌드레드 헌터님, 여긴 소음 방지 마법이 전개가 안 된 모양인데요?"

"그러네요. 죄송합니다. 바로 조치하겠습니다."

멋쩍게 웃은 헌드레드가 창문으로 다가가서 마력을 펼치기 시작했다.

그러자 바깥의 소음은 씻어 낸 것처럼 사라졌고, 시위대는 이제 소리 없이 입모양으로만 떠들고 있었다.

하지만 그럼에도 최신우는 창밖을 가만히 응시하고 있었다.

그녀의 눈치를 보던 경재현이 뺨을 긁적거렸다.

"신우야, 사람들한테 욕먹는 거 너무 신경 쓰지 마. 원호도 예상했던 거고, 러시아에서 돌아오면 금방 해결될 테니까. 상황이 너무 심해지면 그 형악마종을 이용해서 교란 작전을 쓸 수도 있어. 그렇게 할까?"

혹시 최신우가 최원호의 동생으로서 이 상황을 견디지 못하는 것은 아닐까, 경재현은 염려하고 있었다.

하지만 최신우는 씩 웃었다.

"아냐, 오빠. 저게 신경 쓰인다기보다는……."

"그럼?"

"그냥 좀 그렇잖아. 얼마 전에는 국위 선양했다고 찬양하더니. 이젠 180도 태도를 바꿔서 욕을 하고 있으니까. 좀 웃겨."

"음……."

경재현과 헌드레드가 시선을 교환했다.

사실, 정문 앞에 모여 있는 저들은 일명 '시위꾼'들이었다.

퀸쿼러스 연합이 백수현에 대해 부정적인 여론을 만들기 위해서 일당을 주고 고용한 전문 시위대.

석형우가 파악한 정보에 따르면, 식대와 차비를 포함하여 최저 시급에 맞춘 급여를 받는 이들이었다.

'아마 우리 쪽에서 100원이라도 더 돈을 준다고 하면 차원 통제청에 가서 시위할 사람들이지.'

'한채미 헌터에게 진실을 말해 줘야 하나?'

눈빛을 주고받던 두 사람은 그냥 입을 다물기로 했다.

어차피 달라지는 건 없었으니까.

돈을 받았든 밥을 받았든, 시위대가 클랜 하우스 앞에 진을 치고 있는 것은 달라지지 않는 사실이었다.

오히려 최신우는 그 사실에서 꽤나 자극을 받고 있는 듯했다.

"그래, 나도 내 할 일을 해야지. 일단 윤수부터 회복시키고! 오빠한테 도움이 될 수 있는 방법을 찾아봐야겠어. ×바. 뭐? 매국 헌터? 개자식들, 주둥이에 메테오를 꽂아 주고 싶네."

"저, 한채미 헌터님? 이거 계약서……."

"사인만 하면 되죠?"

헌드레드의 손에서 서류를 탁 낚아채더니 일필휘지로 서명한 한 뒤 돌려주었다.

그리고 성큼성큼 사라지는 여헌터의 뒷모습을 바라보며 두 남자는 나란히 중얼거렸다.

"누가 미친놈 동생 아니랄까 봐."

"진짜 매력 있어……."

"예? 뭐라고요?"

"아, 아닙니다."

"도윤수 이기기가 쉽지 않을 텐데요."

"크흠."

남자들은 각자의 감상을 남기고 사라졌다.

그런데 그 창문 너머에서는…….

"백수현은! 각성하라!"

"백수현은! 각성하라!"

"……."

사람들 사이에 위험한 빛으로 번쩍거리는 눈동자 한 쌍이 있었다.

평범한 차림으로 시위대 속에 섞여 있는 여자 마법사.

바로 여섯 형제단의 총수, 장세현.

'신우가 이 클랜에 있다고?'

자신이 놓친 형악마종의 뒤를 쫓던 그녀가 마침내 이곳까지 도달해 있었던 것이다.

"자, 한번 겨뤄 볼까요?"

이사장이 싱긋 웃으며 손짓하자 그들이 진격했다.

표정을 잃어버린 사자(死者)들.

　[스킬 : '데드 보디 컨트롤'.]

전형적인 네크로맨시(Necromancy)다.

즉, 시체를 강제로 일으켜 세워서 부리는 기술.

술자의 역량과 사용되는 기술에 따라 조금씩 다르지만, 일단 만들어진 언데드는 살아생전보다 더 강력한 힘을 발휘하는 데다가 무엇보다 죽음을 두려워하지 않으며 술자에게 절대적으로 복종한다.

그리고 그들의 생전에 대해 알고 있는 적에게는 극도의 공포와 혼란을 유발한다는 점에서 더욱 끔찍하게 여겨지는 몬스터였다.

하지만 최원호는 무표정했다.

"데드 바디? 데스 나이트도 아니고, 무슨 이런 저급한 기술을……."

언데드들을 상대하는 법을 너무나 잘 알고 있었으니까.

이런 좀비 수준의 언데드라면 더더욱 그랬다.

'술자와 연결할 목적으로 정신 방벽이 제거되었다는 점을 이용하는 것.'

이것이 공략법이었다.

최원호는 칼도 뽑지 않고 언데드들을 향해 발걸음을 옮겼다.

그리고 기세를 터트렸다.

[권능 : '늙은 산군의 기백'.]

그를 중심으로 일어나는 파문이 시작되었다.

그우웅……!

순간적으로 일어난 마력의 파장은 파괴적이며 돌출적이

었다.

가시처럼 돋아나며 상대의 마력 체계를 찌르고 들어가서 간섭한 것이다.

그어억!

프르르르르!

예기치 못한 방식으로 공격당한 언데드들은 경련을 일으키며 엉뚱한 곳으로 팔다리를 뒤틀었다.

요정들은 그 틈을 놓치지 않았다.

이엘린의 손끝에서 시작된 창백한 빛.

"니다르, 전부 쓸어버려요."

"예, 전하."

빛은 니다르의 활을 휘감았고, 실버 퀴버에서 꺼내진 화살들은 십수 개로 분화했다.

[스킬 : '가속 축복'.]

[스킬 : '다중화'.]

콰두두두두두−!

주군의 축복을 받은 궁수대장은 어마어마한 속도로 화살을 쏘아 보내기 시작했다.

실버 퀴버의 보관소에서 최원호와 맞붙으며 보여 준 속사(速射)가 하나의 타깃을 위한 집중 사격이었다면.

이번에는 십수 기의 언데드들 모두를 표적으로 삼은 연속 사격이었다.

또 다른 차이점은 그땐 실패했으나 지금은 성공적이라는 것.

퍼버버버버벅!

움직임이 느렸던 데드 보디 몇몇이 순식간에 벌집이 되며 전열이 붕괴했다.

그러자 일부는 산개했고, 다른 일부는 다른 개체를 방패로 삼아서 틈을 노리려고 했다.

하지만 그들은 최원호의 칼날에 걸렸다.

"어딜."

그는 언데드들을 뒤로 흘려보낼 생각이 없었으므로 이번엔 재규어의 발톱을 전개하며 장내로 직접 뛰어들었다.

언데드들은 차곡차곡 분해당하기 시작했다.

햐아악!

끄르르르륵.

아직 부패한 곳 하나 없는 좀비들이었지만 최원호는 인정사정없이 움직였다.

검을 뽑는 개체는 팔꿈치를 뒤로 꺾어 버리고, 마력을 운행하는 것은 머리를 터트린 뒤 팔을 비틀어 뽑았다.

"오, 숲이시여……."

"……야차 같습니다."

지나치리만큼 잔혹한 전투 방식에 후위의 요정들은 공포심을 느낄 정도였다.

그만큼 최원호는 언데드들을 거칠게 다뤘다.

사실 야수계에서는 무척 보편적인 방식이었다.

'한 번 되살려 낸 걸 두 번 되살리지 못하겠어? 그러니까 확실하게 파괴해서 이용 가치가 없도록 만들어야지.'

다시는 되살아나지 못하도록 만드는 것.

이것이 야수계의 수인종들이 망자들에게 보내는 존중이자 배려였다.

그 룰에 맞춰 최원호는 문자 그대로 데드 보디들을 파괴하고 있었다.

가만히 지켜보던 놈이 나선 것은 바로 그때였다.

"하하, 상대가 전혀 안 되네요. 대단합니다, 정말."

이사장은 실실 웃으며 최원호에게 박수를 보내고 있었다.

"신기하군요. 제가 아는 것보다 훨씬 강한데? 동급의 헌터들과 비교하기가 민망할 정도예요. 어떻게 그럴 수 있지요?"

지랄하네.

최원호는 입을 여는 대신 칼을 내던지는 것으로 대답을 대신했다.

놈의 얼굴 정면을 향해 날아드는 무명검.

쉬이익……!

그러나 멈췄다.

마치 재생되던 영상에 일시 정지를 건 것처럼 한순간에 움직임이 뚝 끊어지며 허공에 붙잡혔고, 허무하게 둥둥 떠 있는 신세가 되고 말았다.

　최원호는 고개를 기울였다.

　'마력의 움직임은 없었는데? 마법이 아닌가?'

　명확하지 않았다.

　마력이 아닌 다른 에너지를 사용하는 스킬도 얼마든지 있다.

　그 자신이 사용하는 야수의 권능부터 그러했으니까.

　불길한 가능성이었다.

　콰직-!

　최원호는 다가오는 데드 보디 하나의 머리통을 단숨에 분쇄한 뒤 천천히 입을 열었다.

　"이사장, 헤비이스트와는 어떤 관계였지? 네놈의 '사서'였나?"

　그러자 상대의 눈동자에 새로운 감정이 스쳤다.

　……아주 미약한 당혹.

　"뭐죠? 저와 '재단'에 대해 알고 있는 겁니까? 어떻게?"

　"응, 뭐 어쩌다 보니."

　"어쩌다 보니?"

　"대답하기 싫으면 관둬. 어차피 나도 진짜 궁금해서 물어본 게 아니었으니까."

"흐음."

공중에 붙잡혀 있던 검을 툭 떨어뜨린 뒤, 이사장은 눈을 가늘게 떴다.

상대는 자신이 궁금하지 않다고 했으나 자신은 반대였다.

대외적으로는 '백수현'.

본명은 '최원호'인 그에 대해서는 조금이라도 더 많은 것을 알고 싶었다.

아니, 반드시 그래야만 했다.

'정보는 내 마력이나 다름없지.'

이사장은 게이트를 통해 지구로 넘어온 타계의 일족과 계약을 맺었다.

정보를 사고파는 괴물들.

신인류 중에서도 '재단'은 그들과 거래하기 위해 만들어진 특수 집단이었다.

이사장은 기대감 속에서 입을 열었다.

"그럼 우리 재단의 '괴물'들도 당신에 대해 궁금해하고 있다는 것도 알고 있겠네요?"

"……관심 없어."

안다는 건지 모른다는 건지.

최원호가 보이는 애매한 태도에 이사장은 머릿속이 복잡해질 수밖에 없었다.

그러나 상념이 오래 가진 않았다.

일단 최원호와 직접 대면하는 것에는 성공했다.

'이젠 정보를 긁어 낼 방법을 심어 넣기만 하면 돼.'

이거야말로 가장 자신 있는 작업이었다.

이사장은 등 뒤를 향해 손짓했다.

그러자 지금껏 움직이지 않던 두 기의 데드 보디가 앞으로 걸어 나왔다.

신문이나 방송으로도 익히 알려진 얼굴들이었기에 최원호는 어렵지 않게 그들을 알아볼 수 있었다.

"스노잉패닉의 그레이퀸, 오성 그룹의 오성재?"

"예, 아주 잘 싸우는 헌터들입니다. 긴장하시죠."

마스터 헌터들로서 SSR급 라이선스를 보유한 실력자들이었다.

그런데 그들이 한낱 언데드가 되어 명령을 기다리고 있었다.

전투 흔적을 훑어본 최원호는 이맛살을 팍 찌푸렸다.

"오성재는 요정 기사들에게 당하도록 뒀고, 그레이퀸은 직접 죽였군?"

"그냥 관찰하는 것만으로도 그걸 알아낼 수 있습니까? 정말 당신은…… 크하하하하!"

"뭘 웃고 앉았어."

훅.

발걸음이 지워지듯이 떠올랐다.

그리고 오성재의 머리통이 폭발했다.

연이어 그레이퀸 또한 상반신이 절단되며, 아직 부패하지 않은 선홍색의 핏물을 허공으로 뿜어냈다.

눈 깜짝할 사이에 제 무기들이 무력화된 상황.

그러나 이사장은 희미한 미소를 띠우고 있었다.

'걸렸군. 성공했어.'

생각대로 상대에게 '그것'을 뒤집어씌우는 것에 성공했기 때문이다.

언데드에게서 터져 나온 뇌수와 피에 붉게 젖어 버린 최원호는 인상을 찌푸리고 있었다.

단지 비릿한 냄새 때문만이 아니었다.

"이건……."

축축한 손바닥으로부터 느껴지는 이물감.

뭔가 살갗을 툭툭 건드리는 듯한 느낌.

'이게 뭐더라?'

메시지가 떠오른 것은 그 순간이었다.

[알림 : 특성 '야성'이 직관을 발휘하고 있습니다.]
[경고 : '정보의 겁탈'에 주의하십시오.]

정보의 겁탈.

지금 상대가 휘두르고 있는 정체불명의 힘에 대한 힌트

였다.

"이야, 정말 이럴 줄은 몰랐는데! 말 그대로, 규격 외로 강하시네요……! 저 진짜 감탄했습니다, 최원호 씨! 크흐흐흐흐!"

애써 만들어 낸 데드 보디들이 전부 파괴되었음에도 불구하고, 이사장은 즐겁다는 듯이 웃고 있었다.

명백히 기이한 태도.

"……."

최원호는 손바닥에서 끈적거리는 핏물을 느끼며 행동을 멈춘 상태였다.

하지만 그 머릿속에서는 옛 기억 중 일부가 재생되고 있었다.

'이건 그 일족의 체액이야.'

야수계에서 공략했던 EX급 게이트 중, '아무것도 보이지 않는 무지성의 동굴'이라는 것이 있다.

이 게이트에서는 정보를 먹고 산다는 정체불명의 아인종이 등장하는데…….

그 아인종을 잘못 건드렸다가 체액을 뒤집어쓰는 경우, '정보의 겁탈에 주의하라'는 경고 메시지가 등장하고는 했다.

'피술자에게 흡착해서 모든 정보를 뽑아내 전송하는 일종의 생체 마법이었지.'

그런데 지금 그것이 등장한 것이다.

그렇다는 말은?

'이사장과 재단에서 그 아인종과 접촉했다는 뜻이겠네.'

이 미친놈들.

악마종에 이어서 이젠 정보의 일족까지?

지구를 무슨 차원 전쟁의 무대로 만들 셈인가?

'그나저나 이 수작을 파훼할 방법은…….'

생각에 잠긴 최원호는 침묵을 지키고 있었고, 이어지는 정적에 이엘린과 니다르는 섬뜩함을 느끼고 있었다.

"전하, 이 세계의 인간들 사이에 뭔가 일이 벌어진 것 같습니다."

"네. 그런 듯싶네요. 일단 우린 잠시 물러나서 상황을 살필 필요가 있겠어요."

그들은 지금 어떤 사건이 벌어지고 있는지 전혀 알지 못했으므로, 일단 최원호와 이사장으로부터 거리를 벌린 채 관망하는 태도를 취하려 했다.

앞서 최원호가 보여 주었던 지나치게 무자비한 전투 기법에 식겁을 한 탓도 있었다.

하지만 다음 순간, 그녀들은 방관할 수 없다는 것을 깨달았다.

"아, 그래. 그거였지. 마침 잘됐네."

"……?"

해결책을 찾은 최원호가 앞으로 나서며 손짓하고 있었으니까.

"이엘린 왕녀. 니다르 대장. 지금부터 나와 함께 전력을 다해서 저놈을 잡아야겠습니다."

"네? 왜죠?"

"그렇지 않으면 이 숲이 전부 잿더미가 될 테니까요."

"……!"

더 설명할 시간은 없었다.

그는 무명검을 뽑으며 가로로 길게 휘둘렀다.

칼날을 타고 긴 불꽃이 일어났다.

[스킬 : '파이어릭 소드'.]

마법으로 불러낸 불길은 칼날의 표면 위에서 먹잇감을 앞에 둔 맹수처럼 혓바닥을 날름거렸다.

거대한 횃불이 되어 버린 검.

최원호는 불길을 깃발로 삼은 선봉장처럼 이사장에게 돌진했다.

격돌이 시작된 순간.

콰오오오오오!

두 사람 사이에 불길이 치솟았고, 자작나무 숲에도 변화가 일어나기 시작했다.

엘프들은 곧바로 그의 의도를 눈치챘다.

'눈이…… 녹고 있다?'

'숲이시여! 은설이 융해되고 있잖아!'

은설(銀雪).

이 게이트의 은백색 눈은 요정들에게 마력을 공급해 주는 신비한 지물이었다.

그만큼 쉽사리 녹지 않는 속성을 띠고 있기도 했다.

그런데 그런 눈이 녹기 시작했다는 것.

"전하, 숲에……!"

"불? 정말로 불이 붙고 있어?"

요정들이 본능과 신앙으로 숭상하는 이 숲이 위험해지고 있었다.

정확히 인간의 말대로였다.

콰우우우우우우우!

마력을 머금은 불씨들이 격랑을 타고 이리저리 퍼져 나간다.

그리고 눈발 아래에 잠들어 있던 자작나무 숲에 옮겨 붙기 시작했다.

최원호가 휘두르는 불꽃이 지옥에서 막 건져 올린 재앙의 채찍처럼 온 사방을 후려치고.

그에게 맞서는 이사장이 기이한 마력으로 불꽃들을 흘려
보낸 결과가 바로 이것이었다.

[업적 : 불사를 수 없는 숲을 불사르고 있습니다.]
[보상 : 새로운 칭호 '빨간 바지'가 주어집니다.]
[정보 : 근력 스탯에 +3만큼 보너스가 주어집니다.]

최원호에게는 업적 메시지까지 떠오른 상태.

그만큼 엉뚱하고 종잡을 수 없는 사건이었다.

"니, 니다르! 다시 갑시다!"

"예, 전하!"

흘러가는 상황의 위중함을 알아차린 이엘린은 궁수대장
을 재촉하여 전투에 끼어들었다.

그렇다고 침착하게 입을 다문 것은 아니었다.

"이봐요! 지금 당신들의 싸움에 우릴 집어넣기 위해서 이
런 짓을 하는 건가요, 정말로? 우리 요정에게 숲이 어떤 존
재인지 모르는 건가요?"

하지만 최원호는 뭐라 대답하지 않았다.

이사장과 합을 주고받으며, 그저 손짓으로 역할을 요구할
뿐.

"이런 나쁜……!"

그러나 다른 도리가 없는 상황이었다.

혼자서 언성을 높이는 중에도 숲은 점점 더 파괴되어 가고 있었다.

"니다르! 전력을 다하세요!"

"알겠습니다."

활시위가 팽팽하게 당겨졌다.

요정들이 가세하자 균형은 급격히 기울기 시작했다.

　　　[스킬 : '가속 사격'.]

　　　[스킬 : '속사포'.]

가속이 중첩되며 마치 철창처럼 묵직해진 철시들.

쉬시시시싯- 콰직!

"……!"

궁수대장의 예리한 궁술은 기어코 이사장의 어깨를 찢어 놓았다.

그리고 최원호의 움직임을 엄호하며 상대의 운신 폭을 효과적으로 제한하기 시작했다.

"흐흐흐……."

동선이 어지러워지며 수세에 몰리자 애써 웃는 이사장의 입꼬리가 파르르 떨렸다.

그럴수록 최원호는 무자비하게 몰아붙였다.

척하면 척이다.

'이제 승부수를 던지겠지.'

"치워라아아앗!"

이사장은 자신의 목을 치기 위해 달려드는 최원호의 칼날을 정면에서 마주 때렸다.

그러자 무명검의 칼날이 순간 종잇장처럼 접혔다가 뚝 부러지며 옆으로 날았다.

쾅─!

부러진 칼날은 마치 포탄처럼 쏘아지더니 자작나무 숲을 무너뜨리면서 날아갔다.

그 탄착지에서 불길까지 일어났으니 요정들은 충격과 공포로 입을 딱 벌릴 수밖에 없었다.

그들에게 숲은 신앙이자 가족이었다.

"좋은 사람인 줄 알았건만……!"

'단지 아군을 획득하기 위해서 숲에 이런 짓을 하다니, 역시 인간들은 믿을 수 없는 건가.'

하지만 비난도 잠시.

이대로 숲이 불타는 것을 두고 볼 수는 없었던 이엘린과 니다르는 약속이나 한 듯이 모든 힘을 짜냈다.

그 결과, 뒷일을 생각하지 않는 '일발필살' 스킬의 조합이 이루어졌다.

[스킬 : '성혈화'.]

[스킬 : '과잉 사격'.]

이엘린이 가진 고결한 혈통의 힘이 아주 잠시 니다르에게로 옮겨 갔고…….

퍼어어어엉!

동시에 요정 궁(弓)의 활줄이 폭발하듯 터지면서, 어마어마한 파괴력이 응축된 화살이 쏘아진 것이다.

이사장의 오른쪽 눈알을 노린 공격.

퍼, 퍽!

최원호가 휘두른 부러진 무명검이 이사장의 가슴에 박힌 것 또한 정확히 그 순간이었다.

완벽한 관통과 정확한 명중.

"……."

여태껏 최원호와 호각으로 싸우던 움직임이 거짓말처럼 멎었다.

그리고 피가 맺힌 눈동자만 스르륵 움직여 상대를 노려보았다.

"크, 흐흐, 이것도, 알고 있었습니까?"

"글쎄."

"네, 교활하군요……. 좋습니다, 전 너무 좋아요……. 크크크크……."

그 말을 끝으로 이사장의 의식은 사라졌다.

남은 것은 블랙나이트 클랜의 마스터인 '헤비이스트'의 몸뚱이뿐.

최원호는 부러진 검을 다시 휘둘러 목을 날렸다.

숙주가 떠나고 육체가 완전히 사망하자, 시신으로부터 순수 마력을 흡수하며 신성 스탯이 차올랐다.

[보상 : 신성 스탯이 7만큼 올랐습니다!]
[정보 : 신성 스탯의 총합이 50이 되었습니다.]

역시.

최원호는 작게 고개를 끄덕였다.

'이제 50이란 말이지.'

이 신성 스탯으로 무엇을 할 수 있는지 점점 명확해지고 있었다.

라미아 여왕에게 힘을 집중시켜 거짓 사명을 무효화시킬 때도 어렴풋이 느꼈던 것이지만, 기본적으로 이것은 게이트에 귀속된 존재들을 해방시키는 힘이었다.

이제는 슬슬 그 이외의 기능 또한 느껴지고 있었다.

예를 들자면…….

"어떻게 이럴 수가! 요정의 면전에서 숲을 파괴하다니……! 잠시나마 당신을 좋게 생각했던 내가 바보였어요!"

……이런 일.

해명은 빠를수록 좋을 테니, 최원호는 곧바로 움직였다.

[알림 : '신성'이 전개되고 있습니다.]

츠츠츠츠츠츠츠!

손바닥을 펼쳐 '신성'을 움직이자, 망가졌던 자작나무 숲의 풍경이 '조정'되기 시작했다.

눈앞에서 벌어지는 광경에 이엘린과 니다르는 눈을 부릅떴다.

"지금, 숲이……?"

"……예. 되돌아오고 있습니다."

전투에 의해 불타고 무너졌던 숲이 회복되고 있었다.

시간을 되돌리는 것과는 달랐다.

그보다는 파괴된 부분을 대체하고, 보다 풍성한 모습으로 '변혁'하는 과정에 가까웠다.

결과적으로 숲은 오히려 더 울창하고 아름답게 변했다.

은백색의 눈이 지워진 부분마저도 하나의 의도이자 조경인 듯, 조화로워 보인다.

"아름다워."

"예. 동감입니다. 전하."

빨려들어 갈 것처럼 숲의 풍경을 바라보는 요정들.

은빛의 눈도 다시 만들어 주고 싶었지만, 탈력감이 상당했기 때문에 신성을 그리 오래 사용할 수는 없었다.

어차피 이곳의 눈은 하룻밤만 지나더라도 자연스럽게 복구될 것이다.

'게다가 본질적으로는 실존하는 장소도 아니잖아.'

곧 사라질 게이트니까.

당장 마음을 달래기에는 이 정도면 충분할 것이다.

"숲이 그렇게 좋습니까?"

"아, 그게…… 저희는 이게 본능이라서."

"저도 압니다. 아까 불을 썼던 것은 미안하게 생각합니다. 하지만 마력을 품은 수증기를 만들려면 어쩔 수가 없었습니다."

"마력을 품은 수증기요?"

"이 붉은 체액에 깃든 마법을 무효화시키려면 다른 마력을 흡착시켜서 희석시키는 것이 제일 빠른 방법인데, 마침 여기 마력을 머금은 눈이 많이 있어서 그렇게 할 수밖에 없었던 겁니다."

"아…….."

이엘린은 멋쩍은 표정이 될 수밖에 없었다.

상대를 성급하게 비난했다.

그녀 또한 '수호자'로서 경험을 가지고 있었지만, 지금 눈앞에 있는 인간에 비교하자면 새 발의 피에 불과했다.

결국 패배한 세계의 수호자가 아니었던가.

'그래, 괜히 영원의 조각을 얻은 게 아니야. 이 사람을 믿어야 해.'

마음을 굳힌 이엘린이 입을 열었다.

"아까 '최원호'라고 했죠? 그게 당신의 이름인가요?"

내 이름?

그건 꽤 의미심장한 질문이었다.

저 이사장이라는 놈은 알고 있지만, 이 게이트의 요정 왕녀는 알지 못하던 것.

'패배한 세계와 승리한 세계 사이의 정보 격차라고 해야겠지.'

어쨌거나 난 고개를 끄덕였다.

여기서 숨길 필요는 없었다.

"네, 그게 제 이름입니다."

그러자 이엘린은 나에게 한쪽 무릎을 꿇으며 고개를 숙였다.

"최원호 님, 우선 사과드리겠습니다."

"사과요?"

일족의 왕녀라고 했다.

그런 신분이 취하기에는 무척 적절하지 않은 자세.

하지만 궁수대장은 깊게 가라앉은 눈으로 이쪽을 주시할 뿐, 제지할 생각은 없는 듯 보였다.

즉, 이건 이미 합의되어 있고 왕족의 체면보다도 더 중요한 문제라는 뜻이었다.

"말씀하십시오."

나 또한 덩달아 심각해졌고 이엘린은 조곤조곤 이야기를 시작했다.

"당신이 '위대한 영원의 조각'으로서 이 게이트에 들어왔을 때, 거짓 사명을 떨쳐 낸 저는 감히 주제넘게도 당신을 시험해 보고자 했습니다. 실버 퀴버가 있는 곳에 니다르 대장을 배치한 것은 그런 이유였습니다. 이에 대해 사과드립니다."

시험이라……

아까 교회당에서 니다르가 나에게 덤비면서 이유를 알릴 수 없다고 했던 그 이야기인 듯했다.

'근데 그게 뭘 시험한 거지? 딱히 테스트가 될 만한 상황 자체가 아니었던 것 같은데.'

그냥 본인들만의 시험 아니었을까?

그러나 이엘린은 확신에 찬 눈빛이었다.

그녀는 내 팔을 덥석 붙잡더니 무척이나 진지한 목소리로 말했다.

"결과적으로 제 시험은 무의미했습니다. 당신은 이미 충분히 강하고 더욱 아득한 존재에게 선택받은 분이었어요. 저 따위가 '영원'이라는 대신격의 일부를 가진 분께 시험이라니, 안 될 말이었죠."

또 뭔가 점점 거창해지고 있다.

그리고 영 징조가 좋지 않았다.

하지만 내가 다른 질문을 내놓기도 전에, 요정 왕녀는 미친 소릴 했다.

"저에겐 당신이 필요합니다. 즉, 당신과 결혼하고 싶어요. 저를 반려로 삼아 주세요."

"……뭐요?"

난 정말 잘못 들은 줄로만 알았다.

"아니, 뭐라고요? 뭘 하자고요? 지금 뭔……?"

그러나 이엘린은 나에게 확언했다.

그것도 아주 단호한 목소리로.

"결혼. 혼인. 부부가 되는 것. 인간들에게도 있는 제도라고 알고 있습니다만…… 아닌가요? 아니라면 더 설명하겠습니다."

"아니, 있기는 한데!"

"네. 그럼 설명은 생략하겠습니다. 결혼해 주십시오. 저를 당신의 반려로 삼아 주세요."

"싫어요."

"왜죠?"

"싫으니까!"

"어째서⋯⋯."

고개를 들어서 나를 뚫어져라 째려보는 요정 왕녀.

당당한 게 아니라 억울하다는 눈빛에 점점 더 어이가 없어진다.

뭐? 뜬금없이 결혼? 얘가 정신이 나갔나?

"이엘린 왕녀, 결혼이 뭔 줄 알고 그런 말을 합니까? 아, 혹시 한번 다녀왔어요? 그래서 쉽게 생각하시나?"

"다녀왔다⋯⋯?"

"결혼해 봤냐는 질문입니다."

"아하, 아닙니다. 전 처음입니다. 최원호 님께서는 해 보셨나요?"

"아뇨, 저도 안 해 봤는데."

"그럼 서로 초혼이군요. 잘됐습니다."

"예? 아니, 그게 아니죠! 자꾸 무슨 소리야? 안 해 봤으면 더 신중하게 생각하셔야지요!"

"음, 그건 좀 아닌 것 같습니다, 최원호 님."

"⋯⋯아니라고요?"

내가 미간을 팍 찌푸리자 무릎을 꿇은 왕녀가 진지한 목소리로 이야기를 시작했다.

"제 생각에는 두 번째 할 때에 더 신중해야 할 것 같습니다. 한 번 해 보고도 다시 같은 선택을 한다는 것은, 어쩌면 같은 실수를 반복하는 일이 될지도 모르니, 이거야말로……."

"아, 잠깐! 그만! 맞는 말 하지 마세요!"

갑자기 옳은 말까지 들으니까 정말로 내 상식이 붕괴되는 느낌이다.

그러자 요정들은 서로 시선을 교환하더니 잠시 침묵했다. 그리고 이 괴상한 청혼의 이유가 밝혀졌다.

"최원호 님, 저희 엘프들에게 결혼이란 '영혼의 결합'으로 여겨집니다."

"영혼의 결합? 그게 뭡니까?"

"한 사람 이상의 증인이 있으면, 반려자와 영혼을 하나로 묶어서 운명을 함께할 수 있는 고대 의식을 치를 수 있다는 것입니다."

"그게 무슨 상관입니까?"

이엘린의 파란 눈이 나를 정면으로 바라보았다.

"당신의 '영원의 조각'이시죠. 그러니 제가 당신과 하나로 묶일 수 있다면, 그러니까 운명적으로 결합할 수 있다면……."

더없이 진지해지는 눈빛.

"저는 게이트에 묶인 몬스터가 아니라, 당신 세계의 주민으로서 존재할 수 있게 됩니다."

"……!"

"그러면 '수호자'로서의 격 또한 회복되고, 우리가 잃어버린 오르카니스를 되찾는 작업에도 착수할 수 있게 됩니다."

"그래서 그걸 노리고?"

"네! 그러니까 제발 부탁드립니다. 제 과업만 달성되면 절 어떻게 하셔도 좋습니다. 이혼당하고 영영 버려진다고 해도 받아들이겠습니다. 그러니까 제발, 제발 저를……!"

어이가 없다.

하지만 이엘린의 간절함이 손에 잡힐 것처럼 느껴져서, 나는 입을 다물 수밖에 없었다.

패망한 세계의 회복.

그런 이유라면 이렇게 무릎을 꿇고 부탁하는 것도 이해가 되는 일이었다.

이엘린은 오르카니스를 회복시키기 위해서라면 뭐든지 내던질 수 있다는 태도였다.

하지만 이해는 이해일 뿐.

"미안하지만 그래도 결혼을 해 줄 수는 없습니다."

"제가…… 그렇게 싫으신가요?"

"그런 문제가 아닙니다."

나는 피식 웃었다.

이엘린 왕녀는 누가 와서 보더라도 경탄할 만큼 아름다운 생명체였다.

세간에서 흔히 말하는 엘프.

그중에서도 왕가의 피를 이은 만큼 월등한 미모를 갖춘 존재였던 것이다.

하지만 그렇다고 대뜸 결혼?

"요정계의 풍습이 어떤지는 모르겠지만, 제가 속한 인간계에서는 가장 사랑하는 사람과 결혼을 합니다. 서로 미래를 약속할 수 있을 만큼 믿음을 가지고 있어야 하고, 무엇보다 상대방을 깊게 이해하고 있어야 합니다. 그게 결혼이지요."

"그건……."

"당신과 오르카니스의 사정이 딱한 것은 알겠습니다. 하지만 그렇다고 해서 제 인격과 상식을 꺾으면서까지 결혼을 할 수는 없지요. 정말 미안하지만요."

"……."

알아듣게 설명한 걸까?

내 이야기에 이엘린은 고개를 떨어뜨렸다.

무릎을 털고 일어난 그녀의 표정은 무척 착잡하게 가라앉아 있었다.

옆에서 바라보는 궁수대장의 눈빛도 비슷했다.

질끈 감은 눈에 절망과 좌절이 뒤엉켜 있었던 것이다.

"알겠습니다."

"이해……하십니까?"

"사실 무리한 부탁이라는 것은 알고 있었어요. 사랑, 믿음, 이해…… 오르카니스의 요정들 역시 마찬가지예요. 저희도 처음 만난 사람과 함부로 결혼을 하진 않으니까요. 다만."

"다만?"

"……제 머릿속에는 이것밖에 방법이 없었는데, 이제 어떻게 해야 할지 모르겠어요."

입술을 깨물며 눈물을 흘리는 이엘린 왕녀.

설마 이번엔 눈물 작전?

내가 살짝 눈살을 찌푸리자 그녀는 황급히 손을 내저었다.

"죄, 죄송해요! 당신의 죄책감을 자극하려는 건 아니었어요! 정말로요!"

얼른 눈물을 닦아 낸 그녀는 궁수대장에게서 실버 퀴버를 받아 왔다.

그러더니 나에게 건네주면서 이렇게 말하는 것이다.

"가져가세요. 그리고 저와 니다르를 베시고, 디멘션 하트를 파괴해 주세요. 잠깐이나마 안식을 취할 수 있게 도와주시는 건…… 해 주실 수 있겠지요?"

은백색의 게이트 하트까지.

즉, 이 게이트의 전부를 내 손에다 쥐여 주었다.

대신 디멘션 하트를 곧바로 파괴해서 이 게이트를 즉시

폐쇄시켜 달라는 요청이었다.

　일전에 역병 군주와 라미아 여왕이 요구했던 것과 크게 다르지 않았다.

　하지만…….

　"이엘린 왕녀, 이건 어떨까요?"

　새로운 해결책을 한번 제시해 보자는 생각이 들었다.

　"……네?"

　"그러니까 두 가지 문제잖습니까? 게이트에서 나가는 문제와 '격'을 회복하는 문제."

　나는 얼떨떨한 표정의 이엘린에게 실버 퀴버를 돌려주었다.

　그리고 대안을 제시했다.

　"결혼은 못해 주겠지만 도와줄게요."

　"도, 도와주신다는 건……?"

　"오르카니스에 데려다줄 수는 없더라도, 당신이 헌터…… 아니, 수호자로서 격을 되찾는 것은 도와주겠습니다. 그럼 결혼하지 않아도 되는 거죠?"

　"……!"

　이엘린의 큰 눈에 눈물이 맺히는 것이 보였다.

　그녀는 울먹거리며 나를 향해 고개를 숙였다.

　"고맙습니다! 정말 감사해요! 혹시 잘되지 않더라도, 최원호 님의 은혜는 영원히 잊지 않을게요. 물론 잘되겠지만요!"

나는 그냥 희미하게 웃으며 고개를 끄덕여 주었다.

그러자 니다르가 입을 열었다.

"위대한 영원의 조각이시여, 외람되지만 여쭙겠습니다. 이엘린 전하와 혼인을 맺지 않고도 격을 회복할 방법이란 것이 대체 무엇입니까?"

역시 대단히 정중하지만 미묘한 경계심이 엿보이는 목소리였다.

왕녀 또한 그것을 느꼈는지 멋쩍은 웃음을 지었다.

"니다르는 궁수대장이면서 제 외사촌 언니이기도 해요. 그래서 늘 제 걱정을 하죠. 게이트에 함께 배치됐을 땐, 불행 중 다행이라고 생각했어요. 하하……."

분위기를 누그러뜨리고 싶은지 이엘린은 내가 묻지도 않은 것까지 줄줄 말하고 있었다.

나는 간단히 대답했다.

"이 게이트에서 나갈 방법은 따로 있습니다. 그리고 격을 되찾을 방법은…… 조금 더 간단합니다."

"정말인가요? 격을 찾을 방법은 뭐죠?"

나는 야수계에서의 기억을 떠올리며 대답했다.

"원래 '헌터'로서 해야 하는 일, 그러니까 오르카니스의 '수호자'로서 하던 일을 하는 겁니다."

"수호자로서 하던 일……?"

요정들은 그 말을 쉽게 이해하지 못했다.

한성우는 시베리아 공략대의 상태를 점검하고 있었다.

"큰 문제 없이 게이트 공략이 끝났군요. 다들 수고하셨습니다."

"헌터님도 수고 많으셨습니다!"

"덕분에 많이 배웠습니다."

"감사합니다, 언노운 헌터님."

대부분 클로저스에 합류한 지 얼마 되지 않은 헌터들이었으나, 이번 원정에서 사선을 넘나들며 상당히 끈끈해진 이들이었다.

마력석 채취를 신경 쓰지 않는 급속 공략과 게이트 폐쇄라는 특별한 경험은, 헌터들을 단단한 하나의 팀으로 만들어 주었다.

"그럼 모두 한국으로 돌아갈 준비를 하시기 바랍니다. 미리 공지했던 것처럼 저와 마스터는 조금 더 러시아에서 체류할 예정입니다."

한성우가 그렇게 설명하자 헌터들은 고개를 끄덕였다.

그러면서도 다들 못내 궁금한 표정들이었다.

'뭘까? 무슨 임무일까?'

'러시아 정부에서 은밀하게 청부한 특수 임무 같은 거겠지?'

'세계 클랜 협의회에서 비밀리에 접촉하자고 한 거 아닐까?'

전 세계적인 주목을 받는 초대형 루키와 '언노운'이라는 의미심장한 콜네임을 사용하는 실력파 지휘관.

두 사람의 조합 앞에서 헌터들은 온갖 망상을 떠올리고 있었다.

'상상의 날개들을 펼치고 있는 모양이군.'

지금으로서는 사실대로 이야기해 줄 수 없는 문제였으므로 한성우는 조용히 미소만 지었다.

"자, 다들 한국에서 봅시다."

"예! 헌터님!"

공략대가 철수한 뒤, 한성우는 최원호가 들어간 게이트가 있는 곳으로 향했다.

그 게이트는 가장 깊은 숲속에서 제 이름처럼 신비한 은빛으로 반짝이고 있었다.

시스템 메시지가 출력되었다.

[안내 : S등급 게이트 '요정 왕녀의 은빛 숲'에 입장할 수 있습니다. 입장하겠습니까?]

"아니."

[안내 : 입장을 거절했습니다. 그러나 언제든지 입장할 수 있습니다.]

한성우는 잠시 주변을 돌아보았다.

다른 곳과 마찬가지로 눈이 잔뜩 쌓여 있다는 것은 마찬가지였다.

하지만 한 가지 다른 점.

바로 어지럽게 찍힌 발자국들의 존재였다.

한참 동안 눈밭 위를 살펴보던 한성우는 깊은 한숨을 내쉬었다.

"흐음, 이래서야 몇 사람인지 구분하기도 힘들겠는데…….."

최소 30명. 어쩌면 50명.

한성우는 자신이 생각했던 것보다도 대규모의 추적대가 파견되었다는 사실에 우려를 느끼고 있었다.

한국에 있는 헌드레드로부터 전화가 걸려 온 것도 그때였다.

─여보세요? 올노운 헌터님? 들리십니까?

"그래, 듣고 있다. 헌드레드."

─급히 알려 드릴 것이 있어서 전화 드렸습니다.

"뭔가?"

─퀸퀘러스에서 시베리아로 파견한 원정대에 스노잉패닉이

아닌, 다른 두 명의 클랜 마스터들이 포함되었다는 정보가 뒤늦게 파악되었습니다.

"마스터들? 누구지?"

—오성 그룹의 오성재와 블랙나이트의 헤비이스트입니다.

"헤비이스트……."

짧은 통화를 마친 뒤 한성우는 위성 전화를 쥔 채 게이트를 돌아보았다.

점점 더 찜찜해지는 기분이었다.

'설마 간부들 중 하나가 직접 마스터를 쫓아왔나……?'

여신이 결사단을 만들었고, 테러리스트와 신인류는 결사단에서 비롯된 이들이다.

하지만 그들은 여신에 의해 통제되지는 않는다.

그저 그녀를 '예언자'로서 섬기며 각자의 이념과 철학을 추구할 뿐.

그렇기에 신인류의 지도부가 어떤 계략을 획책하고 있는지는 결사단의 눈초차도 쉽게 파악할 수가 없었고.

"……."

이에 적잖은 불안감을 느낄 수밖에 없었던 것이다.

신인류는 결사단의 동생뻘에 해당하는 단체였으나 적이 된 지 오래였다.

특히 전지구의 게이트화를 천명한 간부들은 결사단에게 주적이나 다름없는 상태.

'지금이라도 들어갈까?'

잠시 고민에 빠졌던 한성우.

그러나 이내 생각을 고쳐먹었다.

자신조차도 이해하기가 쉽지 않은 믿음 덕분이었다.

'아무리 그래도 질 것 같지가 않아.'

최원호라는 헌터에겐 패배 자체를 상상하기가 어려웠다.

대단히 근거 없는 생각이었지만 말이다.

그러니 우선 기다려 볼 생각이었다.

눈을 털어 낸 바위 위에 자리를 잡은 뒤, 한성우는 게이트
가 변화하기를 기다렸다.

"……."

미묘한 불안과 초조, 긴장과 기대의 공존.

그렇게 얼마나 시간이 흘렀을까.

스우우우우–!

일순 게이트로부터 마력의 흐름이 일어나며 몸집을 불리
기 시작했다.

아주 잘 알고 있는 현상이었다.

[안내 : 곧 게이트가 폐쇄됩니다. 마력 폭풍에 주의하세요!]

디멘션 하트를 파괴했을 때만 등장하는 메시지까지.

한성우는 빙긋 웃었다.

'역시, 내 생각은 틀리지 않았어.'

그는 기쁜 마음으로 몸을 일으켰다.

최소 한 단계는 레벨을 올렸을 최원호에게 우선 축하의 인사부터 전할 생각이었다.

하지만 은빛의 게이트가 소멸된 그 순간.

"와, 정말 멋진 숲이네요!"

"……?"

낯선 목소리에 발걸음을 멈추어야만 했다.

두 사람이었다.

뾰족한 귀를 가진 게이트 생명체.

그리고 그녀를 끌어안듯이 데리고 나온 최원호.

그 모습에 한성우는 반사적으로 영 좋지 않은 선례들을 떠올렸다.

이른바 '몬스터 착취'에 관한 이야기들.

'설마…… 아니겠지?'

하지만 게이트에서 엘프 암컷들을 끄집어내는 놈들은 특히나 쓰레기들이었는데.

왜? 대체 어째서 이런 짓을……?

"한성우 헌터, 오래 기다리셨습니까? 안에서 사정이 좀 있어서 오래 걸렸습니다."

"사정……?"

아무렇지도 않은 표정의 마스터와 눈이 마주치자 당황을

넘어서 배신감까지 느끼고 있었다.

하지만 최원호는 평소와 전혀 다를 것 없는 태도로 터벅 터벅 다가왔다.

떨어질 수 없다는 듯 쪼르르 쫓아오는 요정.

그 개체가 특히나 아름답다는 사실을 확인한 한성우는 이를 악물었다.

"놀라셨겠습니다. 이쪽은 카이아도르 요정 일족의……."

최원호는 상황을 설명하기 위해 입을 열었으나.

"마스터, 정말 실망했습니다!"

"……네?"

한때 올노운이라고 불렸던 헌터는 그답지 않게, 조금은 성급하게 입을 열고 말았다.

또 오해를 받고 있음을 깨달은 최원호는 피식 웃었다.

"중대장님이신가?"

……10분 전.

나는 두 요정에게 계획을 설명하고 있었다.

"원론적으로 말하자면, 게이트 바깥으로 몬스터가 나가는 건 불가능합니다. 두 분 다 잘 알고 계시겠지만요."

이엘린과 니다르는 나란히 고개를 끄덕였다.

"알아요. 몬스터는 게이트에 귀속된 존재니까요."

"저희는 출구를 통과할 수가 없었습니다."

출입구만 찾아둔다면 자유롭게 게이트 안팎을 들락날락하는 헌터들과는 완전히 다른 신세였다.

그러니 게이트 역류가 아니면 외부로 나갈 일은 요원했다.

"아티팩트의 발전이 없었다면 영영 그랬을 겁니다."

나는 아공간 주머니에서 상자 하나를 꺼내 들었다.

큰 수박 하나가 들어갈 수 있을 정도의 크기를 가진 금속의 상자.

"최대화."

그러자 상자는 촤르륵, 금속성을 터트리며 확장되기 시작했다.

사람 크기가 된 상자는 마치 관처럼 보였다.

하지만 요정계에서는 관에다 시선을 넣어서 매장하는 풍습이 없는 모양인지, 두 요정은 그저 신기하게 바라볼 뿐이었다.

'다행이네.'

나는 최대한 간결하게 설명했다.

"이건 '몬스터 포켓'이라는 아티팩트입니다. 이 상자가 당신을 게이트 바깥으로 옮겨 줄 겁니다."

"몬스터 포켓……?"

야수계에서는 몬스터 공략을 위해 만들어졌고, 인간계에서는 몬스터 거래를 목적으로 개발된 장비였다.

노예상에게 형악마종을 구매할 때 받았던 물건이 마침 아공간 주머니에 있었고, 나는 처음부터 이 아티팩트를 이용해서 이엘린을 바깥 세계로 꺼낼 생각이었다.

다른 가능성을 상정할 필요는 없었다.

'대안으로 에어바이크의 게이트 탈출 기능을 쓸 수도 있겠지만, 마침 딱 알맞은 장비를 가지고 있는데 그럴 필요는 없지.'

굳이 비싼 마력석을 소모할 필요는 없었으니까.

이엘린은 긴장된 표정으로 몬스터 포켓을 향해 다가갔다.

"그럼 제가 이 안으로 들어가면 되나요? 그러면 되는 건가요?"

"네, 그러면 저는 게이트를 닫고 나갈 겁니다."

사실 한 가지 단계가 남아 있지만 말이다.

"……."

그때 내 생각을 읽기라도 했는지 궁수대장이 이쪽으로 성큼성큼 다가왔다.

니다르는 마지막까지 의연했다.

"전하, 부디 보중하시고 뜻한 바를 꼭 이루십시오. 분명 성공하실 겁니다."

"오르카니스에서 다시 만나요, 니다르."

"예, 그때까지 안녕히."

그녀는 자신의 주군에게 작별 인사를 남긴 뒤 나에게 돌아섰다.

"저희 전하를 잘 부탁드리겠습니다. 그리고 한 번에 고통 없이 부탁드립니다."

니다르는 죽어야 한다.

바로 두 번째 미션 목표인 '미니 보스 처치' 때문이었다.

불가피한 일이고 어차피 죽음을 의미하는 것도 아니었지만, 나도 마음이 편할 수는 없었다.

'어쩌면 이게 우리 인간들의 미래가 될지도 모르지. 지금처럼 게이트를 다룬다면 말이야.'

그러니 경외심을 가져야 한다.

나는 살짝 고개를 숙이는 것과 함께 야성을 활성화시켰다.

몸속에서 세비지 에너지가 툭 치고 올라온 순간.

[스킬 : '화섬권'.]

정권이 허공을 갈랐다.

공격이 도달한 곳은 정확히 니다르의 가슴팍 앞.

스트레이트 펀치의 충격량은 보이지 않는 창날처럼 박히며 요정의 심장을 갈가리 찢어 놓았다.

"……."

나는 손을 거두었고 니다르는 그대로 눈을 감고 쓰러졌다.

시스템 메시지는 무심하게도 떠올랐다.

[알림 : 미니 보스 '궁수대장 니다르'를 처치했습니다!]

따로 할 말이 없었다.

나는 조용히 이엘린에게 손짓을 보냈다.

이제 들어갈 시간이다.

다행스럽게도 세 번째 미션 목표는 게이트 보스를 '처치'하는 것이 아니라 '제압'이었으니.

"제 소유의 아티팩트 안으로 들어가는 것만으로도 게이트 미션은 완료될 겁니다."

"……네."

이엘린은 죽은 니다르에게 다가가서 팔다리를 가지런히 정돈해 주었다.

그리고 길게 심호흡하며 몬스터 포켓 안으로 들어섰다.

역시 관짝처럼 보이는 오싹한 모습.

하지만 이엘린은 애써 환하게 웃었다.

"최원호 님, 실패한다고 해도 원망하지 않을게요."

"실패하지 않을 겁니다."

"이제 말씀은 편하게 해 주세요. 제가 여기서 살아서 나가면 제 주군이나 다름없잖아요?"

"그래."

나는 고개를 끄덕였다.

그녀가 몬스터 포켓의 문을 닫은 순간.

  [알림 : 게이트 보스 '요정 왕녀 이엘린'을 제압했습니다!]

약속했던 대로 디멘션 하트도 파괴했다.

그러자 긴 메시지의 행렬이 떠올랐다.

  [알림 : '요정 왕녀의 은빛 숲'의 디멘션 하트를 파괴했습니다!]

  [안내 : 곧 게이트가 폐쇄됩니다. 마력 폭풍에 주의하세요!]

  [알림 : 레벨이 올랐습니다!]

  [알림 : 칭호 '요정의 대적자'가 복구됩니다.]

  [안내 : 게이트 폐쇄에 따른 특별 보상이 주어집니다. 정산이 끝난 뒤 확인해 보세요!]

  [……]

  [……]

다른 게이트들이 그랬던 것과 마찬가지로 완전 공략과 게이트 폐쇄에 따른 보상이 주어지기 시작한 것이다.

이걸로 게이트의 공략은 끝.

그러나 나는 계속해서 집중력을 발휘해야만 했다.

'야수계의 포획 장치는 몬스터를 연구할 목적으로 만든 것이라서 생명력과 마력을 일부 제한하는 대신에 안정성을 확보할 수 있었지. 하지만 지구의 것은……'

오로지 상품성.

판매 가치를 망가뜨리지 않기 위해 안정성을 포기한 쪽이었다.

그렇기에 게이트에서 빠져가는 순간이 불안정할 수밖에 없었다.

쿠궁─!

붕괴를 시작한 공간은, 지금까지 자신이 품고 있던 모든 존재를 색출해서 파괴하려고 몸부림을 치고 있었다.

몬스터 포켓은 이것을 속이고 빠져나가기 위해 만들어진 물건이었다.

즉, 은폐와 보호가 목적이었다.

여기서 내 걱정은 오직 하나.

'과연 이엘린의 마력 파장을 완벽하게 감추고 빠져나갈 수 있을까? 그래도 S등급 게이트 보스인데 말이야.'

요정 왕녀가 강력한 마력을 가지고 있는 만큼, 몬스터 포켓의 용량을 벗어나지 않을까 우려스러웠던 것이다.

그리고 그 걱정은 현실이 되었다.

……콰직!

마력의 폭풍 속에서 상자의 문짝이 우그러졌다.

누군가 거대한 망치로 후려친 것처럼 일그러지는 모습.

그러자 안에 있던 이엘린이 고함을 내질렀다.

"최, 최원호 님!"

꽤 놀랐겠지.

하지만 나는 태연하게 굴기로 했다.

어차피 낙장불입이었으니까.

"원래 그런 거니까 마력은 절대 쓰지 말고 힘으로만 막아!"

"정말요? 마력을 쓰지 말라고요?"

"절대로 쓰면 안 돼!"

"아, 알겠어요!"

이엘린은 상자 속에서 용을 쓰기 시작했다.

그사이, 나는 붕괴되는 게이트의 풍경을 보며 타이밍을 가늠했다.

'어쩌면 아티팩트를 아예 버려야 할 수도 있겠는데?'

아깝지만 어쩔 수 없지.

이번엔 옆면이 찌그러지고 있었다.

콰직!

"으악! 죄송해요!"

"놀라는 건 괜찮은데! 마력은 절대로 쓰지 마! 그럼 끝이니까!"

"네, 넵!"

나는 부서지는 몬스터 포켓에다 마력을 일으켜서 감싸기 시작했다.

마력을 접착제로 삼아서 막는 것이다.

정형화되지 않은 임시방편의 마법.

'젠장. 마력 소모량이 어마어마하네.'

레벨 80에 도달했음에도 부담스러울 정도였다.

하지만 문짝은 부서지는 것을 막을 수는 없었다.

모서리에서는 금이 쩍쩍 갈라지고 있었고, 결국 몬스터 포켓은 걸레짝이 되어 가고 있었다.

"……."

틈새로 엿보이는 이엘린은 공포에 질린 표정이었다.

하지만 내가 강조했던 대로 마력을 사용하진 않았다.

마법 생물로서 본능일 텐데, 용케도 참아 내고 있었다.

'거의 다 왔다. 조금만 더.'

콰지지직, 쾅!

몬스터 포켓은 끝내 완전히 망가지며 암흑 속으로 떨어져 나갔다.

아티팩트가 제공하던 은폐 기능이 사라지고, 소멸되어 가던 게이트가 이엘린을 발견한 그 순간.

"이리로."

"······앗!"

나는 요정을 한 팔에 안으며 '그 힘'을 터트렸다.

[알림 : 히든 스탯 '신성'이 반응합니다.]

마지막까지 아껴 두었던 신성이었다.

게이트의 요소들을 조정하는 통제력을 이용해, 다시 잠깐이나마 게이트의 이목을 속이는 것이다.

모든 힘이 마개를 뽑은 것처럼 미친 듯이 빠져나간다.

[경고 : 어지러움에 주의하십시오!]

뒷목이 아찔할 정도로 강력한 어지럼증.

하지만 안도감도 함께 찾아왔다.

'됐다.'

저기에 밝아져 오는 빛이 있었으니까.

품속의 엘프도 그것을 보았는지 멍하니 중얼거렸다.

"저기가 바로······?"

"인간의 세계. 시스템은 '순수 인간계'라고 부르더라. 가자."

"넵!"

나는 몸을 던졌다.

시베리아로 돌아와서도 이엘린이 무사하다는 것을 확인하자 비로소 안심할 수 있었다.

그런데 엉뚱한 소리를 들은 것이다.

"마스터, 정말 실망했습니다!"

"⋯⋯네?"

전후사정을 들은 올노운은 나에게 머리를 숙여 사과했다.

"죄송합니다. 사정을 여쭤봤어야 하는데."

"괜찮습니다. 오해할 수도 있죠. 얼마 전에 형악마종을 사 왔을 때도 다들 오해했잖습니까?"

"예⋯⋯."

"지구에서는 게이트에서 몬스터들을 끌어내는 것이 보통 불순한 목적으로 여겨지니까요. 오해를 받는 것도 별로 이상하지 않죠."

"다시 한번 사과드리겠습니다."

정중하게 고개를 숙이는 남자에게 나는 정식으로 소개해 주었다.

"카이아도르 요정 왕족인 이엘린입니다. 오우거들에게 패망한 세계를 되찾기 위해서 도움을 요청했고, 저는 힘이 닿는 선에서 도와드리기로 했습니다."

이엘린에게도 한성우를 대강 소개해 주었다.

일국의 최강자이며, 지구의 결사단을 이끌던 수위급 수호자라는 설명.

또한 요 며칠 사이에 이 일대의 게이트를 전부 정리했다는 이야기까지 듣더니, 요정은 눈이 휘둥그레졌다.

"정말 부럽네요……."

"뭐가?"

"최원호 님과 한성우 님 모두 다른 수호자들 위에서 군림할 수 있는 힘을 가지고 있는데도 이렇게 직접 전선에서 싸우고 있다는 얘기잖아요?"

"그건 그렇지."

"네, 그렇다면 여러분의 인간계는 게이트를 공략하고 폐쇄하는 것에 전력을 다해 집중하고 있다는 의미잖아요? 그게 정말 부러워요. 인간계에서는 머지않아 모든 게이트를 닫을 수 있겠네요!"

"……."

나와 한성우는 말없이 시선을 교환했다.

이게 그렇게 읽힐 수도 있구나.

마음이 복잡해진다.

'오히려 그렇지 않다는 것.'

우리 세계에서는 게이트를 거꾸로 써먹기 위해서 남겨 놓고 있으며.

지금처럼 몬스터를 게이트 밖으로 끄집어내는 경우에는 노예 상인이라고 오해를 받을 수도 있을 만큼 게이트를 사골까지 우려먹고 있다는 사실.

'지금 이것까지 설명할 필요는 없겠지.'

어차피 머지않아 이엘린 역시 알게 될 일이었다.

잠시 생각하던 올노운이 입을 열었다.

"마스터, 그럼 이엘린 왕녀님은……."

"저, 한성우 수호자님? 그냥 편하게 불러 주시겠어요? 타계까지 와서 왕족 취급을 받는 건 좀 많이 쑥스럽네요……."

"알겠습니다. 그럼 이엘린 양은 일단 한국으로 보내 드릴 수 있도록 저희 공략대를 다시 호출하겠습니다. 그리고 저와 함께 '그 지역'으로 이동하시죠, 마스터."

한성우의 합리적인 상황 판단.

지금은 이엘린을 전력 외로 분류하고 클랜 하우스로 돌아가서 이야기하자는 것이다.

하지만 나는 고개를 저었다.

"아닙니다. 이엘린도 함께 갈 겁니다."

"예? 그 말씀은……?"

"맞습니다. '그 지역'에도 동행할 겁니다."

"……!"

죽을 수도 있다.

하지만 그러지 않으면 의미가 없다.

내가 이엘린을 게이트에서 억지로 빼낸 것은 절반의 성공에 불과했다.

'그것도 꽤나 아슬아슬했던 성공.'

이제 완성시킬 차례였다.

이엘린에게 무료 봉사 따위를 하기 위해 이 리스크를 짊어진 것이 아니었다.

'확실하게 도와주고, 차원 역류의 작동 원리에 대해 알아봐야지.'

나는 이엘린을 통해서 차원 역류 현상에 대해 더 깊게 파고들 작정이었다.

그녀가 말한 것처럼 게이트가 객실들 사이를 잇는 통로라면?

'……역추적도 꿈은 아니야.'

영하 누나를 찾아낼 방법이 그리 멀리 있지 않다는 생각이 들었다.

패배자 뉴비

밤이 깊어졌다.

시베리아 북쪽으로 이동하던 우리는 모닥불을 피워 놓고 잠시 휴식 시간을 가졌다.

육체적인 피로보다는 정신 상태를 가다듬기 위해서였다.

어쩌면 우리가 곧 들어가게 될 곳은 지구상에 존재하는 어떤 게이트보다도 위험할지도 모르는 곳.

나도 한성우도, 각오가 필요했다.

쿠우…….

하지만 이엘린은 침낭 위에 엎어져서 코를 골며 자고 있었다.

눈과 얼음을 끼고 사는 엘프라더니, 정말 추위는 딱히 타지 않는 듯했다.

그러나 자신을 속박하던 게이트에서 탈출한 피로감은 한순간에 몰려왔을 터.

쿠루루…….

그 여파에 왕녀고 나발이고 혼수상태가 되고 말았다.

이엘린이 잠든 모습을 바라보던 한성우가 헛웃음을 지었다.

"마스터, 사실 전 세뇌당하지 않은 요정을 처음 봅니다."

"그렇습니까?"

"예, 외국 클랜 마스터들 중에 간혹 더러운 취미를 가진 놈들이 있는데, 아주 강력한 세뇌 마법과 약물을 이용해서 요정들을 노리개로 쓰고 있었죠. 그것도 성별 가리지 않고 말입니다."

한성우는 고개를 절레절레 저었고, 나는 말없이 불꽃을 쳐다보았다.

나도 잘 알고 있다.

당장 그 노예 시장만 해도 요정들이 서너 명 갇혀 있는 것을 보았었다.

게이트에서 뽑아낼 수 있는 모든 것을 뽑아내는 것.

그게 지구의 방식이었다.

'하긴, 같은 인간도 노예로 부리던 인간인데 별로 놀라울 것도 없는 일이지.'

결국 모든 게이트를 소멸시켜야만 해결될 문제.

이엘린이 자는 동안 나는 한성우에게 대강의 계획을 말해 주었고, 그는 턱을 매만지며 생각에 잠겼다.

"확실히 차원 역류에 대해 좀 더 많은 것을 알아낼 수 있겠군요. 하지만……."

한성우의 의구심 어린 시선.

"이엘린 양을 몬스터가 아닌 헌터로 만드는 것, 그게 정말 가능하겠습니까?"

"……"

나는 잠시 침묵했다.

솔직히 말하자면, 나도 이게 100% 될 것이라고 확신할 수는 없었다.

이건 게이트 공략이 아니니까.

"그래도 시도해 볼 가치는 있습니다. 비슷한 현상을 본 적도 있고요."

"흐음……."

게이트 몬스터의 지위로 떨어진 이엘린에게 헌터로서의 격을 되찾아 줄 방법.

나는 그것이 '하던 일을 다시 하는 것'이라고 말했다.

이엘린은 헌터로서의 업무를 재개해야 한다.

'즉, 새로운 게이트 공략에 참가해서 직접 폐쇄까지 완료하는 것.'

디멘션 하트가 바로 그 열쇠였다.

야수계에서 몇 차례 성공한 것을 보았기에 할 수 있었던 제안이었다.

지구에서는 아마 전례가 없었을 것이다.

'이 세계에서는 몬스터 유통 자체가 공식적으로 금지되어 있고, 한성우가 말한 것처럼 사리사욕을 위해 음지에서 사고파는 것이 전부니까.'

하지만 야수계에서는 몬스터의 새로운 활용법에 대해 다양한 실험을 진행했었다.

바로 몬스터를 게이트 공략에 이용하기 위해…….

'몬스터 테이밍에 관한 연구가 꾸준하게 진행됐지.'

지구식으로 말하자면 이이재이(以夷制夷 : 오랑캐를 오랑캐로 제압한다)를 노렸던 것이다.

하지만 이 과정에서, 수인종 연구자들은 몬스터에게 자율권이 부여되는 위험한 현상을 발견하기에 이르렀다.

재일브레이크(jailbreak) 현상.

나도 그 현장에 있었다.

분명 완벽하게 테이밍되어 있던 자이언트 트롤이었다.

한데 그 개체가 테이머의 명령을 받고 디멘션 하트를 파괴한 순간, 갑자기 모든 테이밍 기술이 무효화되며 송곳니를 드러냈다.

마치 자율권을 가진 것처럼 수인종 헌터들에게 적의를 드러낸 것이다.

'원래의 흉포함에다 엄청나게 지능적인 움직임까지 보여 줬지.'

워낙 갑작스러운 돌변이었던 탓에 베테랑 헌터들도 어쩌지 못하고 쓸려 나갈 정도였다.

결국 후방에서 상황을 지켜보고 있던 나와 다른 족장들까지 나서야만 했다.

나는 트롤이 마지막으로 소리쳤던 것을 아직도 생생하게 기억하고 있었다.

　

　-너희의 언어로 이르노니! 나는 '대왕고래'다!

　

　……정말로 당황했다.

갑자기 무슨 미친 고래를 찾는 거지?

하지만 수인 헌터들은 그 외침의 의미를 알아듣고 무척이나 당혹한 눈치들이었다.

　

　-워뇨, 대왕고래들은 우리 세계에서 가장 크고 거대한 생명체이며 심해 속에서 지혜를 나누어 주는 은둔 현자들이다.

　-그런데 한낱 게이트 몬스터가 자신을 대왕고래에 비유하다니!

-대체 이게 무슨 일이지?

다시 지구식으로 풀어 보자면 일개 몬스터가 자신을 예수
나 공자에 비유한 셈.

이 사건으로 인해 혼란에 빠졌던 수인종들은 디멘션 하트
를 파괴한 것이 트롤에게 지능적인 변화가 일으킨 것이라고
이해했다.

하지만 나는 좀 석연치 않은 느낌이었다.

-이상한데. 디멘션 하트가 몬스터의 지능에 영향을 준
다고?

-다른 가설이 있는가? 워뇨?

-아니. 그런 건 아닌데. 근데 뭔가…… 뭐지?'

언뜻 생각해도 이상한 점이 너무 많았던 것이다.

몇 번 정도 비슷한 사건이 벌어지는 것을 보면서 더더욱
그런 예감을 가질 수밖에 없었다.

그리고 지금.

'이제야 좀 알 것 같네.'

신성을 깨우치고, 지구 세계의 여신과 대면하고, 거짓 사
명에게서 벗어난 요정들과 대화를 나눈 결과.

나는 그것이 몬스터와 헌터의 자격이 교차되는 현상이었

음을 직감했다.

'디멘션 하트의 파괴.'

즉, 몬스터로서 절대로 할 수 없는 행위를 수행함으로써, 원래의 세계에서 가지고 있던 자격을 되찾은 현상이라는 추측이었다.

모든 몬스터가 각자의 세계에서 헌터로 활동했다는 것이 사실이라면, 이러한 절차는 꽤 합리적이라고 할 수 있었다.

한성우가 한 가지 의문을 제기했다.

"그렇다면 이엘린 양이 '요정 왕녀의 은빛 숲'의 디멘션 하트를 바로 파괴해도 되었던 것 아닙니까? 꼭 다른 게이트를 찾아가야 하는 겁니까?"

"그건……."

나는 어깨를 으쓱했다.

"모릅니다. 확실하지가 않거든요."

"아, 그래서 리스크 관리 차원에서……?"

"네. 확실한 길로 가야죠. 지금까지 다른 어떤 게이트에서도 몬스터가 직접 디멘션 하트를 파괴한 경우는 없었습니다."

"그건 그렇지요. 저도 몬스터가 디멘션 하트에 손을 댔다는 이야기는 들어 본 적 없습니다."

"예, 디멘션 하트는 몬스터들이 본능적으로 지키려고 하는 물건이니까요. 그걸 게이트 보스가 직접 부순다면 어떤 일이 벌어질지 모릅니다. 굳이 무리할 필요는 없다고 판단했습니다."

내 생각대로 된다면 이엘린은 몬스터의 굴레를 벗어던지고 원래의 자격을 회복하게 될 터.

한성우는 신중한 얼굴이었지만 고개를 끄덕였다.

"어쩌면 잘된 일일지도 모르겠습니다. 사실 전 후위를 받쳐 줄 마법사가 하나쯤 있으면 좋겠다고 생각하기도 했습니다. 하하하."

"헌드레드를 데려올 걸 그랬나요?"

"그 녀석은 아직 모자라고…… 무엇보다도 아직은 모든 걸 말해 줄 수가 없잖습니까?"

"하긴, 우린 아직 비밀이 많은 사람들이었지요."

"예, 마스터."

나는 한성우와 함께 쓴웃음을 지었다.

우리는 간단한 보존식으로 허기를 달랜 뒤, 이엘린을 깨워서 다시 이동하기 시작했다.

이윽고 북방의 숲과 벌판이 모습을 드러냈다.

❧

눈보라가 부는 시베리아 북부.

이곳은 여신에게도 미지의 영역이 된 지 오래라고 했다.

그녀는 나에게 이렇게 당부하기도 했다.

─만약 그 지역으로 진입한다면 반드시 의심해야 할 거예요. 모든 것을 의심하세요. 지구의 것이라고는 하나도 없을지도 모르니까요.

지구의 것이 모두 사라진 곳.
우리는 여신의 말을 명심하며 아주 천천히 나아갔다.
얼핏 보기에는 그냥 드문드문 숲이 있는 평범한 설원이었지만, 그래도 모든 요소를 전부 체크하자는 생각이었다.
한성우가 눈을 가늘게 뜨며 설원을 바라보았다.
"확실히 뭔가 있긴 있습니다. 정확하게 꼬집어 말할 수는 없지만…… 뭔가 다른 느낌입니다."
이엘린도 비슷한 말을 했다.
"저는 여러분의 인간계에 대해서 잘 모르지만, 아까 전부터 뭔가 신경에 거슬리는 게 있어요. 근데 딱 뭐라고 말하기가 어렵네요."
그리고 나도 마찬가지였다.

[알림 : 특성 '야성'이 직관을 발휘하고 있습니다. '알 수 없는 위험'에 주의하십시오.]

"……."

야성이 머릿속에서 붉은 경보를 울리고 있었다.

하지만 뭐라고 종잡을 수가 없는 정보였다.

오히려 혼란스러웠다.

'알 수 없는 위험? 이건 게이트가 초기화되기 전에 뜨던 경고 메시지인데?'

창덕궁 좀비 게이트, 용인 라미아 게이트.

이 메시지가 떠올랐을 때마다 다 공략되어 있던 게이트가 초기화되었던 것이다.

그런데 여긴 게이트 내부가 아니라 밖이었다.

'……뭐가 뭔지 알 수가 없네.'

다행인지 불행인지 확인하지 않고도 확신할 수 있는 사실도 한 가지 있었다.

분명히 여기 어딘가에 게이트들이 마구잡이로 펼쳐져 있으리라는 것.

그게 아니라면 이 지역 전체에 휘몰아치고 있는 거대한 마력의 파동을 설명할 길이 없었다.

콰우우우우—!

뺨을 후려갈기는 듯한 질풍.

마력을 머금고 사방팔방에서 휘몰아치는 바람은 우리 세 사람을 미친 듯이 뒤흔들고 있었다.

나는 한성우와 이엘린을 이끌고 그 한복판을 뚫고 들어가는 중이었다.

이곳이 바로 그 문제의 장소였다.

EX급 게이트 '대악마의 흑색 지옥'.

지구로 타계의 악마들이 기어 나오게 된 원흉이 역류한 곳.

마나의 바람을 견디던 한성우가 입을 열었다.

"그분께서 시베리아에 접근하는 것을 엄격하게 금지하셨기 때문에 저도 여기까지 온 건 오늘이 처음입니다."

뭐 그랬겠지.

그 여신은 지나치게 안전주의적이었다.

결사단의 일곱 눈을 대하는 태도는 특히 더 그랬고.

하지만 나에겐 관련 없는 일이었다.

"그래도 정확한 위치는 알고 있겠지요? 게이트가 역류했던 위치 말입니다."

"물론입니다. 걱정하지 마십시오."

"가죠. 도중에 적당한 게이트가 나오면 이엘린과 들렀다가 가겠습니다."

"알겠습니다."

나는 내 방식대로 움직인다.

그러니 지구의 기준으로 나에게 뭔가 충고하거나 지시를 내리려고 하는 것은 아무런 의미가 없는 일이었다.

그때였다.

"아, 최원호 님! 저기에……!"

"게이트로군요. 제가 보기엔 B등급 정도 될 듯합니다."

한성우와 이엘린이 새로운 게이트를 목격했다.

눈이 수북하게 쌓인 언덕배기 위에서 옅은 은회색으로 빛나고 있는 작은 게이트.

"잘됐네. 갑시다."

두 사람을 이끌고 눈 덮인 언덕을 올라서 게이트 가까이로 다가갔다.

그러자 메시지가 툭 떠올랐다.

[안내 : B등급 게이트 '눈 구미호의 초가삼간'에 입장할 수 있습니다. 입장하겠습니까?]

난 이엘린을 돌아보았다.

아직 헌터의 격을 회복하지 못했기에 시스템 메시지는 이 요정에게 출력되지 않았겠지.

그녀는 그저 똘망거리는 눈빛으로 나를 바라볼 뿐이었다.

내 생각이 맞다면…….

'지금은 물건으로 취급되고 있는 상태겠지?'

그러므로 게이트에 들어가기 위해서는 이런 방식을 써야 했다.

나는 요정의 목덜미를 살짝 붙잡았다.

그러자 내 얼굴을 올려다보는 놀란 눈동자 한 쌍.

곧장 입을 열었다.

"입장."

순간 게이트로부터 섬광이 터져 나왔다.

S등급이었던 요정 게이트에 비하면 소소한 수준.

여기서 이엘린이 디멘션 하트를 파괴한다면 많은 변화가 일어날 것이다.

이엘린의 목덜미를 붙잡은 채, 나는 곧 찾아올 어지럼증에 대비했다.

　　[안내 : 어지러움에 주의하십시오.]

게이트에 입장할 때면 늘 출력되는 익숙한 메시지였다.

다음은 입장 완료 메시지의 차례.

그래, 분명 그랬는데…….

"뭐지?"

"……?"

뭔가 이상한 느낌.

뒤를 돌아보니 한성우 또한 눈가를 팍 구긴 채로 나를 바라보고 있었다.

이상하게도, 우리는 여전히 은회색 게이트 앞에 서 있었다.

다시 해 보자.

"입장."

[안내 : 어지러움에 주의하십시오.]

"입장!"

[안내 : 어지러움에 주의하십시오.]

아무런 일도 벌어지지 않았다.

게이트 안으로 이동하기는커녕, 익숙한 어지럼증조차도 찾아오지 않았던 것이다.

나로서도 단 한 번도 겪어 보지 못한 현상이었다.

'뭔가 잘못됐어. 뭐지?'

순간 등골을 찌르는 예감에 나는 퍼뜩 고개를 들어 올렸다.

그리고 설원 저편에 서 있는 무언가를 발견했다.

용인 민속촌이라면 모를까, 이곳 이역만리에는 결코 있을 수 없는 낯익은 건축물.

한성우가 멍하니 중얼거렸다.

"아니, 초가집이 어째서?"

"눈 구미호의 초가삼간."

"······!"

마땅히 게이트 안에 있어야 할 구조물이 어찌된 일인지 저기에 서 있었다.

마치 처음부터 이곳에 있었던 것처럼.

"······."

나는 오싹함을 느끼며 용견을 활성화시켰다.

그때, 설원 한복판으로부터 거대한 굉음이 터져 나왔다.

얼음 벌판을 찢으며 바깥으로 튀어나온 것은 하나의 용체 (龍體)였다.

웅대한 드래곤의 몸체가 아무런 예고도 없이 솟구쳐 나온 것이다.

경악스러운 등장에 한성우와 이엘린은 나란히 굳어져 있었다.

"드래곤······?"

"어, 어떻게 된 거죠? 아직 게이트에 들어가지 않았는데? 최원호 님! 여긴 인간계라고 하셨잖아요? 그런데 왜 드래곤이······?"

"······아니, 아니야."

나도 잠시 놀랐으나 곧 마음을 가다듬었다.

"한성우 헌터, 저건 드래곤이 아닙니다. 아룡종인 드레이크입니다. 날개가 절반 이하로 퇴화한 게 보이지요?"

"아!"

그제야 두 사람의 표정이 조금 풀린다.

하지만 드래곤이 아니라 드레이크라고 해서 안심하라는 이야기가 될 순 없었다.

안전할 리가 없다. 오히려 더 위험할 수도 있다.

'만약 드레이크가 어떤 계기 때문에 흉포화 상태가 되어 있는 거라면.'

무엇보다도 드래곤과 달리, 저 드레이크에게는 이성과 이지(理智)가 없기 때문에…….

"대화가 안 통하겠군요. 일단 눈에 띈 건 전부 씹어 먹으려고 할 테니까요. 아이스 드레이크라면 정말 재앙 같은 놈인데에엣!"

이엘린의 말이 끝나기도 전에 드레이크가 우리를 향해 아가리를 길게 벌리며 울부짖었다.

크롸라라라라라라─!

아, 흉포화 상태로군.

나는 한성우를 향해 소리쳤다.

"선두에서 길을 잡으세요! 지금부터 목표 지점까지 전력 질주합니다!"

"예, 마스터!"

고개를 돌린 그가 발을 움직이자 설원 한복판에 가벼운 지진이 일어났다.

하얀 눈밭에 가벼운 너울이 한차례 불어 나간 그 순간.

슈우우욱…….

한성우는 이미 저 멀리 쏘아지고 있었다.

그는 마력을 품은 눈발을 찢어 가르며 나에게 소리쳤다.

"어서 따라오십시오!"

마치 한 명의 인간을 한 줄기의 광선으로 치환한 듯한 풍경.

이엘린이 입을 딱 벌리는 것이 느껴졌다.

하지만 넋을 놓고 있을 때가 아니었다.

비록 목표를 하나 잃어버렸지만 드레이크는 뜨거운 침을 뚝뚝 떨어뜨리면서 나와 요정에게 시선을 고정한 상태였다.

무척 먹음직한 먹잇감을 보는 눈.

'먹혀 줄 수는 없지.'

나는 그녀의 옷깃을 붙잡은 그대로 세비지 에너지를 끌어올렸다.

[권능 : '도망자 치타의 폭주.']

전개된 권능은 '추격자 치타의 질주'에서 한 단계 업그레이드된 권능.

세비지 에너지가 온몸을 휘감으며 퍼져 나간다.

그리고 융갑의 변화가 시작되었다.

[안내 : 개시된 권능에 따라 융견의 형태가 변화합니다.]

하반신의 형태가 미묘하게 변이했고, 그 에너지의 흐름을 받아들인 융갑은 내 하체의 앞뒤 근육에다 강화 작용을 부여하기 시작했다.

아티팩트가 내 권능을 물리적으로 보조하는 것이다.

나는 이엘린의 손을 세게 움켜잡았다.

"너도 꽉 잡아."

"네? 네에, 네!"

쾅!

발아래의 잔설과 지표면이 함께 일그러지며 사방으로 충격파를 터트렸다.

폭력적인 주파(走破).

지금까지 내가 사용하던 '추격자 치타의 질주'가 인체 근육의 활용을 극한까지 끌어 올려서 가속 효과를 부여하는 것이었다면……

'도망자 치타의 폭주는 신체 변이와 공간 왜곡까지 활용하는 상위 권능이지.'

세비지 에너지를 투입할수록 가속력은 강화된다.

하지만 지금 속도를 내는 것은 딱 등 뒤를 잡히지 않을 만큼만.

쿠구구구구구!

나는 이엘린을 팔에 매단 채 한성우의 뒤를 따라서 달리기 시작했다.

그러자 거대한 존재감이 따라붙는 것이 느껴졌다.

"우, 움직여요! 드레이크가! 우리 쪽으로 달려오기 시작했어요!"

"그걸 모르는 사람도 있나? 후방 방어막 전개!"

"아, 네!"

즈으드드드드-!

드레이크의 진행 경로를 막아서는 은백색의 보호막들.

적당한 크기로 자라난 수십 개의 얼음벽들은 드레이크의 발목을 묶고, 진로를 방해하며 한데 뒤엉켰다.

'제법이네.'

나는 피식 웃었다.

덕분에 격차는 조금 벌어졌다.

설원 한복판에서 벌어진 추격전.

한성우가 앞장을 서고, 나와 이엘린이 뒤를 따르며.

마지막에서는 관광버스 서너 대를 합쳐 놓은 듯한 대형 몬스터가 우리를 뒤쫓고 있다.

나는 머릿속으로 생각을 거듭했다.

'게이트 안에 있어야 할 초가집이 어째서 밖에 있었던 걸까. 또 게이트 입장은 어째서 되지 않았지?'

다른 차원 역류의 흔적이 없는데도 지면을 뚫고 등장한 드레이크까지.

그래, 여신이 말한 대로였다.

시베리아 북부는 원래의 상식으로는 이해하기 힘든 지역이 되어 버린 듯했다.

왜?

'무엇 때문에?'

단지 악마종이 끌고 들어온 타계의 마력 때문에?

설마…….

'신인류의 수작질이 현실이 되고 있는 걸까? 게이트와 지구의 일체화가 정말로?'

아냐, 아닐 거야.

나는 일단 머릿속의 잡념들을 전부 비워 버리자는 생각으로 달리고 또 달렸다.

'일단 그 지역으로 진입하자.'

2002년에 차원 역류를 일으킨 EX급 게이트 '악마왕의 흑색 지옥'이 있었던 곳.

만약 지금도 신인류와 악마종이 그 지역에 똬리를 틀고 있다면?

'어떤 식으로든 반응이 올 거야. 이렇게 시끄럽게 등장하

는데, 설마 모른 척하겠어?'

하지만 이 임시변통이 전혀 예기치 못한 결말을 맺게 되리라는 것을, 나는 그때까지 알지 못했다.

✦

"후으으으."

책들 사이에 파묻혀 있던 이사장이 몸을 일으켰다.

앞서 헤비이스트의 육체를 통해 최원호와 맞붙었던 그는 곧바로 '정보의 일족'과 접선했었다.

상대가 눈치 빠르게도 그 술법을 제거하는 바람에 소득이라고는 거의 없었지만.

'정보는 상대적인 것. 최원호라는 인간이 이 술법을 안다는 것 자체가 새로운 정보이지 않은가?'

그렇기에 일족의 담당자는 오히려 흥미를 드러냈다.

그리고 새로운 지령을 내려 주기까지 했다.

　-무슨 수를 써도 좋으니, 최원호라는 개체를 계속해서 도발하고 건드릴 것. 이 과정에서 사용된 비용은 모두 보상될 예정임.

비용 보상……!

"크흐흐흐! 으하하하하핫!"

이사장에게는 가장 기분 좋은 통보였다.

저 너머에 있는 '정보의 일족'은 값비싼 마력석들을 물처럼 펑펑 써 대면서 자신에게 어마어마한 부를 안겨 주었으니까.

틀림없이 이번에도 굉장한 보상을 받게 되겠지.

'어디 그뿐인가.'

책 더미 속에서 빠져나온 이사장은 킥킥 웃었다.

지금 그에게는 또 다른 야욕이 싹트고 있었다.

'이번 기회를 이용해서, 나는 압도적인 일인자로 올라선다. 이 세계의 지배자로 군림하는 거지!'

신인류 조직은 전 세계로 퍼져 나가고 있다.

그걸 이용해 세계를 통째로 집어삼킬 생각을 하니, 머릿속에서 아드레날린이 펑펑 터지는 듯했다.

"좋아, 아주 좋아……."

이미 모든 준비는 끝난 상태.

이제는 수확만 하면 된다.

구석의 책장으로 다가간 이사장은 붉은 책에다 손을 올리고, 잠시 목청을 가다듬었다.

"크흠, 흠. 아, 아."

그리고 힘을 불러 일으켰다.

공간을 꿰뚫고 그의 의지가 저 멀리로 관통된 다음 순간.

"아, 아주 급한 일이 있어서 급하게 연락 드렸습니다! 예, 접니다, 백작 님. 그 시베리아에서 진행 중인…….

이사장은 위기를 연기하기 시작했다.

통화 상대는 바로 '백작'.

신인류의 고위 간부들 중에서도 가장 알려진 정보가 없는 존재였다.

이사장은 이번 기회를 이용해서 그에게까지 자신의 마수를 뻗을 야욕을 품고 있었다.

❦

게이트는 통계적인 무언가가 아니다.

즉, 인간의 도구로 예측할 수 있는 존재가 아니라는 뜻이다.

그러므로 이 드넓은 얼음 벌판 위에 게이트가 단 하나도 열리지 않았다고 하더라도, 전혀 이상한 일은 아니었다.

하지만 안타깝게도 우린 그 반대를 보고 있었다.

"마스터!"

"아, 아아! 이게 도대체 무슨 일이죠? 어째서 이런 일이?"

"…….

하얀 바다처럼 펼쳐진 눈의 평야 위에 자리하고 있는 수천 개의 게이트들.

'어쩌면 만 단위일지도 모르겠는데.'

정말이지 징그러울 정도로 많은 숫자의 게이트들이 각자의 형상을 취한 채 열려 있었다.

한성우는 혼란에 빠진 채 달리고 있었고, 나 역시 비슷했다.

우리는 어마어마하게 떠오르는 시스템 메시지를 보며 이것이 환상이 아니라는 것을 확인하고 있었다.

[안내 : D등급 게이트 '어린 도깨비의 야바위 놀이터'에 입장할 수 있습니다. 입장하겠습니까?]

[안내 : A등급 게이트 '무한대 벌레 인간의 군락지'에 입장할 수 있습니다. 입장하겠습니까?]

[안내 : E등급 게이트 '악의가 없는 맹독성 식물원'에 입장할 수 있습니다. 입장하겠습니까?]

[안내 : S등급 게이트 '무한대 벌레 인간의 군락지'에 입장할 수 있습니다. 입장…….]

[……]

단언할 수 있다.

우리에게 입장할 수 있다고 선언하는 이 게이트들은 전부 '허상'이었다.

앞에 서서 입장을 외친다고 해도 열리지 않을 게이트들이었다.

그렇기 때문에 달려야만 했다.

눈으로는 셀 수 없을 정도로 많은 몬스터들에게 등 뒤를 바짝 추격당하고 있었으니까.

'무슨 동물원도 아니고.'

저마다의 울음소리를 터트리며 쫓아오는 몬스터들은 말 그대로 아비규환을 이루고 있었다.

서로를 물어뜯고 싸워서 죽인다.

모두 각기 다른 종족이었기에 당연한 일이었다.

아마 수십 개의 게이트가 동시에 차원 역류를 일으킨다면 이런 풍경이 되지 않을까.

"마스터! 이제 어떻게 합니까!"

한성우는 올노운의 명성에 걸맞지 않게 정말로 당황한 듯했다.

아까 전부터 시끄럽게 나를 불러 대는 목소리에서 그 감정이 뚝뚝 묻어나고 있었다.

사실 당연한 일이다.

'나도 머릿속이 하얗게 되는 기분이었으니까.'

하지만 조급하게 군다고 해서 뚜렷한 방법이 생기는 것은 아니었다.

오히려 차분하게 생각해야 한다.

내가 야수계의 게이트들을 공략하며 배운 것 중 하나였다.

'수천 개의 게이트가 한곳에 아가리를 벌린 채 역류조차 일으키지 않고 내용물을 모조리 토해 낸 전대미문의 대사건.'

이런 기이한 현상이 자연적일 리가 없었다.

분명히 배후가 있었고, 그놈은 아직 모습을 드러내지 않았다.

'무왕일까? 아니면 백작? 혹시 악마종이 직접?'

단서가 없으니 뭐라 단정할 수는 없다.

하지만 최소한 불청객을 그냥 두고 보지는 않을 것이다.

시베리아를 점거하고 이런 짓거리까지 벌인 놈이니, 목격자를 한둘 죽이는 것쯤이야 여반장이겠지.

그때였다.

"최원호 님! 오른쪽에서 뭔가 와요!"

'뭐지?'

빌어먹을.

게이트가 워낙에 빽빽하게 들어차 있으니 시야 확보도 제대로 되지 않는다.

이엘린을 내려놓은 나는 팔뚝에 에너지를 집중시키며 앞으로 튀어 나갔다.

펼쳐진 기감에 걸린 '그것'은 나를 목표로 하고 있지 않았다.

"올노운! 2시 방향!"

"……!"

창백한 섬광.

대지에 내리꽂히는 거대한 존재감.

분명 완벽한 인간의 형태였다.

콰아아아앙!

한성우를 팔뚝을 낚아챈 나는 간신히 피하는 것에 성공했다.

섬뜩한 감각.

당황스럽게도 나는 뭔가를 깨달은 상태였다.

'뭐야? 올노운보다 훨씬 강하잖아?'

심지어 지금의 나보다도.

놈은 레벨 100의 한계를 한참이나 추월한 무언가였다.

충격적일 수밖에 없었다.

'어째서 인간계에 이런 존재가 있을 수 있는 거지?'

그리고 놈은 천천히 지면에 내려앉았다.

비로소 그 얼굴을 본 나는 상황을 이해하게 되었다.

하지만 동시에 이해할 수가 없기도 했다.

"……우린 구면이군."

"네놈은……."

젠장. 제기랄. ×발.

난 상대를 향해서 비틀린 웃음을 지을 수밖에 없었다.

"그래, 그럴 줄 알았다. 이 새끼야."

존 메이든.

바로 인류 최강자로 손꼽히는 헌터였다.

그는 저 여신이 누구보다도 신뢰하는 존재이며, 그녀가 직접 만들어 낸 첫 번째 눈이기도 했다.

결사단이 이렇다 할 성과를 내지 못하고, 신인류가 부상하면서 수상한 분위기를 풀풀 풍기더니.

결국 이 시베리아 설원 한복판에서 만나게 되었다.

"……잠깐만 기다려 주십시오, 마스터."

한성우가 앞으로 나서며 입을 열었다.

슬쩍 돌아보니 그는 잔뜩 일그러진 표정을 짓고 있었다.

형언하기 어려운 분노와 실망이 뒤엉킨 눈빛.

"존, 결국 그렇게 마음을 정한 건가?"

그러자 가만히 고개를 끄덕이는 존 메이든.

"그래. 그렇게 되었어, 성우."

"실망스럽군, 네놈이 신인류와 손을 잡다니. 최악을 막기 위해서라면 차악이라도 상관없다는 건가?"

"아니, 최악을 막기 위한 최선의 선택이라고 생각해 주면 좋겠어."

"그런가. 그렇다면 더더욱 실망스러운데. 넌 최선과 차악이 다르지 않다고 생각하는 머저리가 된 거야."

"……그럴지도 모르지."

가만히 나와 한성우를 바라보던 존 메이든이 주먹을 말아 쥐는 것이 보였다.

어차피 문답은 무용하다는 뜻.

한성우 역시 어느 정도 예측하고 있었던 듯했다.

"마스터, 지금부터 존 메이든을 신인류라고 생각하셔야겠습니다."

"신인류면 신인류지, 신인류라고 생각하라는 건 뭡니까?"

"놈은 계속 고민 중이었습니다. 좀 우유부단한 인간이라서 말입니다."

한성우는 검을 뽑으며 간단히 부연설명했다.

"지금까지 저와 하던 대로 게이트 테러리스트들을 지원할지, 아니면 새로 부상한 신인류를 밀어줄지 고민하고 있었던 겁니다."

"그래서, 그 결과가 이거란 말입니까."

"네, 놈은 신인류를 택했습니다. 보시다시피 말입니다."

"……."

문득 그 기억이 떠올랐다.

수락산 게이트가 역류한 뒤, 나를 찾아온 존 메이든과 함께 여의도 병원으로 갔던 그때.

존 메이든은 아직 병상에 누워 있던 올노운을 아무런 말없이 바라보기만 했었다.

그러나 그때 두 사람은 의사소통을 했다.

사일런스 메시지.

시선을 따라 음성을 교환하는 스킬을 통해, 두 사람은 격렬한 언쟁을 주고받았던 것이다.

한성우는 신인류와 손을 잡아서는 안 된다고 주장했고, 그럼에도 불구하고 존 메이든은 고민을 거듭했다.

두 사람은 서로 다른 선택을 내리는 상황을 피하고 싶었겠지만 결과적으로 옛 동지들은 이곳에서 악연이 되었다.

"날 너무 원망하지 마라, 성우. 너도 언젠가는 날 이해하게……."

"입을 닥쳐라, 마스터 메이든. 더 이상의 대화는 필요없다. 와라, 우리 둘 중 한 사람은 여기서 역할을 끝내는 걸로 하지."

"……"

존 메이든은 침묵했다.

두 사람의 눈빛이 맞부딪친 순간, 한성우의 몸이 휙 사라졌다.

그는 눈밭 위로 몸을 띄워 허공을 박차며 돌진하고 있었다.

'답설무흔의 경지라고 해야 하나.'

하지만 나는 혀를 찰 수밖에 없었다.

정말이지 무모하기 짝이 없는 움직임이었으니까.

그 올노운이 저렇게 흥분하다니.

'이래서는 이길 가망이 없겠는데.'

하지만 내가 말릴 수 있는 상황도 아니었다.

이미 정면으로 부딪치고 있었다.

레벨 100에 육박한 헌터들의 생사결.

검과 주먹이 상호 교차한 순간, 날카로운 마력의 경파가 터져 나왔다.

기우우우우우웅!

강력한 마나 코트가 서로를 타격할 때 생기는 괴성.

꽤나 오랜만에 듣는 소리였다.

그리고 이 소리를 들었을 때는 꼭 누군가의 피를 보고는 했다는 사실도 떠올랐다.

존 메이든과 한성우 모두 인간으로서는 극한의 경지에 도달한 헌터들이니, 둘 중 하나는 여기서 끝을 보자는 말은 정말로 현실이 될지도 모르겠다.

바로 그때였다.

"최, 최원호 님! 점점 다가와요!"

"쯧."

이엘린의 다급한 목소리에 나는 세비지 에너지를 끌어 올리며 돌아섰다.

우리를 노려보고 있는 수백 개의 눈동자들.

나도 이런 경험은 처음이라서 숨이 막히는 기분이다.

"어, 어떡하죠?"

손바닥에다 마력을 최대한 장전했으나 이엘린은 극도의 공포에 질린 상태였다.

그럴 수밖에 없었다.

"저놈들도 잠시 상황 파악이 안 된 것 같긴 한데, 그래도 일단 포위망을 만들고 있어요. 본능적인 움직임이에요."

"……"

존 메이든의 갑작스러운 등장 때문에 잠시 잊혔지만 방금까지 우린 몬스터들과 추격전을 벌이던 중이었다.

그러다가 우리가 멈춰 서자 놈들이 곧바로 사방을 포위하기 시작한 것이다.

몬스터들은 이종 간에 거슬리기는 하는지 서로를 물고 뜯으면서도……

그루르르르르……

캬으하아악!

가장 중요한 목표인 우리 헌터들에게서는 눈을 떼지 못하고 있었다.

이건 여전히 게이트의 '거짓 사명'에 지배당하고 있다는 의미이기도 했다.

'그렇다면 신성을 전개해서 놈들을 흔들어 볼 수 있지 않을까.'

하지만 효과를 확신할 수 없고, 신성을 얼마나 소모해야 할지도 알 수 없었다.

무엇보다 한성우는 존 메이든을 꺾을 수 없다.

그러니 상황을 매듭지을 수 없다는 것은 매한가지였다.

"……."

등 뒤에서는 두 사람이 싸우고 있고, 눈앞에서는 각종 게이트 몬스터들이 군침을 흘리고 있는 상황.

나는 이옐린을 데리고 조금씩 물러서며 타이밍을 엿보았다.

'상황이 더럽게 꼬이긴 했지만 그래도 거기까지만 갈 수 있다면…….'

바로 그 순간이었다.

"존 메이든! 감히! 네놈이 내 영역을 침범하느냐아아아앗!"

때마침 또 다른 한 사람이 난입한 것이다.

봉두난발로 주먹을 휘두르는 장신의 남자.

쿠궁—!

무지막지한 파괴력을 지면에다 꽂으며 무왕이 등장했다.

놈은 흉악하게 일그러진 얼굴로 자신의 감정을 숨김없이 드러내고 있었다.

분노와 분노, 오로지 분노.

"네놈을 찢어발기겠다! 산 채로 씹어먹을 것이다!"

무왕은 눈앞의 상대를 향해서 격노에 찬 고함을 내지르며 돌진했다.

웬일인지 놈이 노리는 상대는 우리가 아닌 존 메이든.

[알림 : 특성 '야성'이 반응하고 있습니다.]

[알림 : 퓨리 에너지가 완전히 충전되었습니다.]

나는 그 에너지를 이용해서 장내로 뛰어들었다.

무왕과 존 메이든이 격돌한 순간, 재빨리 한성우에게 접근해서 그의 어깨를 붙잡고 빠져나온 것이다.

"다시 이동합시다, 한성우 헌터."

"허억, 허억……!"

그저 잠깐의 격돌을 겪었을 뿐인데, 한성우는 거의 넝마가 되어 버렸다.

쥐고 있던 무명검도 모조리 이빨이 나가서 고철이 되었다.

이렇게 아슬아슬한 상태가 될 때까지 존 메이든과 맞붙어 싸운 것이다.

"하, 하지만 존이……!"

"어서!"

스스로 존 메이든을 상대하는 것은 불가능하다는 사실은 본인도 잘 알고 있을 것이다.

어찌된 일인지는 모르겠지만, 지금의 존 메이든은 레벨

100이라는 한계점을 이미 돌파한 위력을 보이고 있었다.

올노운은 그의 적수가 되지 못한다.

"여기선 답이 없습니다. 당장 빠져나가야 합니다. 최대한 빨리!"

"……알겠습니다."

간신히 수긍한 한성우의 몸이 흐릿해지더니 앞을 향해 쏜 살같이 튀어 나갔다.

나는 요정을 들쳐 메고 다시 그를 따라 달리기 시작했다.

"이엘린, 몬스터들은? 쫓아오나?"

"아! 그게, 절반 정도는 저 두 사람의 싸움에 휘말렸는데요! 다른 절반은 우릴 쫓기 시작했어요! 특히 드레이크가……!"

"알았어."

목표점으로 가야 한다.

'그 차원 역류의 원점!'

신인류 간부진 사이에 묘한 신경전과 경쟁이 있다는 것은 여신에게 들어서 알고 있었다.

방금 나타난 무왕이 존 메이든에게 격분하며 칼을 휘둘러 대는 것을 보면, 두 사람이 같은 진영이 아니라는 사실 또한 어렵지 않게 유추할 수 있었다.

즉, 이 싸움은 신인류 조직 내부의 다툼이었다.

대단히 위험하지만 상황을 잘 이끌기만 한다면 신인류에 게 치명적인 타격을 입힐 기회와도 같았다.

"거의 다 왔습니다, 마스터!"

그러기 위해서는 목적지로 조금 더 다가가야만 했다.

EX급 게이트 '악마왕의 흑색 지옥'이 차원 역류를 일으킨 그 지역.

'게이트가 역류했다면 안에 있던 악마궁도 마찬가지로 튀어나왔겠지?'

기본적으로는 전형적인 지옥 형태를 가진 게이트였다.

하지만 특별한 부분도 하나 있었는데.

바로 게이트 가장 중심부에 악마왕의 궁전이라는 특수 구조물이 위치하고 있다는 점이었다.

〈악마왕의 흑색 지옥〉

[게이트] 악마 세계의 다섯 왕 중 한 사람이 다스리는 거대한 지옥의 대지가 펼쳐집니다. 세상을 오시하고 있는 악마궁을 파괴하고 그 지배자를 격퇴하십시오.

등급 : EX급

미션 :

1. 미니 보스, 회색의 악마 '베이모디오그'를 제거하십시오.

2. 게이트 보스, 흑색의 악마 '카르테시오라'를 제거하십시오.

3. 악마궁을 파괴하십시오.

궁전 파괴는 무려 게이트 보스 사살을 두 번째로 밀어내고, 마지막 세 번째 미션으로 지정되어 있었다.

나는 이것을 이용할 작정이었다.

'악마왕의 궁전에는 이질적인 존재들이 접근하면 즉시 요격하는 시스템이 갖춰져 있지.'

그러니 지금 우리의 뒤를 바짝 좇아오는 온갖 몬스터들을 일거에 처리해 줄 최적의 쓰레기통이나 다름없었다.

문제라면 함께 튀어나왔을 게이트 보스 '카르테시오라'였다.

EX급 보스 몬스터로서 어마어마한 공격력과 다양한 파괴 마법을 가지고 있는 존재.

게다가 더욱 위험한 점은…….

'그놈은 차원 역류 이후로 러시아 헌터계에 잠입해서 그들의 활동을 완전히 마비시킨 장본인이야.'

1차 차원 전쟁의 지휘관이라고 할 수 있는 존재였다.

앞서 이엘린에게 들었던 설명에 의하면, 남의 방에 침입해서 그 소유권을 강탈하는 것에 성공한 침략자였다.

'이미 적지 않은 헌터들을 먹어치우고 레벨 업을 거둔 상태일 터.'

놈까지 나타나면 상황이 또 꼬이는 셈이다.

하지만 지금은 물러설 곳이 없었다.

말 그대로 기호지세(騎虎之勢).

우리가 올라탄 호랑이에게 잡아먹히지 않으려면 계속해

서 달려야만 했다.

그리고 나에게는 믿는 구석이 하나 있었다.

'융견, 에어바이크, 블랙포스, 실버 퀴버까지.'

마침 원거리에서 타격을 주기에 딱 적합한 장비의 조합이었다.

그러니 악마왕이 나타나더라도 한 방 먹인 다음 내빼는 일쯤은 충분히 가능하리라는 계산이었다.

나는 한성우와 이엘린에게 대략적인 계획을 설명했고, 두 사람은 고개를 끄덕였다.

잠시 뒤…….

"마스터!"

몰아치는 눈보라를 뚫고 달리던 한성우가 소리쳤다.

"여깁니다! 이 지역이 바로 21년 전에 악마 게이트가 역류했던 그곳입니다!"

사방에서 휘몰아치는 눈과 얼음 쪼가리.

몬스터들은 바짝 쫓아오고 있었고, 나는 한계까지 기감을 펼쳤다.

그러자 마치 먹잇감을 노리는 것처럼 우리를 주시하는 관찰자들의 존재가 느껴졌다.

'신인류 조직원들인가? 아니면 악마들?'

이쪽을 응시하기만 할 뿐, 다가올 기미는 보이지 않는다.

나는 놈들을 무시했다.

'어디냐? 어디 있지?'

이 넓은 설원 어딘가에 있을 악마궁.

그 구조물을 찾아 헤매던 나는 순간 고개를 확 들어 올렸다.

"……!"

아주 가까운 곳.

아니, 사실상 바로 코앞에서.

지나치게 새하얀 궁전이 괴괴한 자태로 서 있었다.

때마침 눈보라가 살짝 멎으면서 한성우와 이엘린도 악마궁을 목격했다.

"마스터."

"저 성벽은 설마, 뼈로 만든 건가요?"

나는 대답하지 않았다.

그 말이 맞았다.

요정이 지적한 대로 궁전의 외벽은 인간의 백골로 이루어져 있었다.

사냥된 인간들의 몸뚱이를 쑤셔 박으면서 만들어 낸 끔찍한 건축물.

하지만 그런 것쯤은 아무것도 아니었다.

"저건……."

외벽 가장 높은 곳에 둥그런 물건 하나가 걸려 있었다.

내 시선은 거기에 고정된 상태였다.

머릿속에서 의문이 떠나질 않았다.

'어떻게 된 거지? 차원 전쟁에서 인간들이 패배한 것 아니었나? 여신도 그렇게 알고 있었는데?'

당황스러웠다.

하얀 성벽에 매달려 있는 것은 바로 악마의 머리통이었다.

악마왕 '카르테시오라'의 수급.

21년 전, 차원 역류를 통해 나타나서 러시아의 정치계와 군부를 장악했던 그 악마종의 지도자가 단지 머리만 남은 상태로 덜렁거리고 있었던 것이다.

심지어 특유의 시커먼 눈동자 하나는 누구에게 빼앗겼는지 쑥 빠져나간 채.

'……검은 눈?'

잠깐.

어디서 들어 본 것 같은데?

'악마왕은 죽어서 머리만 남겼는데 악마궁은 여전히 남아있고, 차원 전쟁이 시작될 징조가 있다.'

이게 뭘 의미하는 것일까?

하지만 깊게 생각할 시간이 없었다.

요격이 시작되었으니까.

[경고 : 악마성의 공격이 감지되었습니다. 주의하십시오!]

경고 메시지가 툭 떠오른 순간.

나는 이엘린과 한성우의 어깨를 짚으며 앞으로 몸을 날렸다.

동시에 융견에다 세비지 에너지를 응집하여 주먹을 힘껏 내뻗었다.

그러자 새된 마찰음이 주먹을 때리고.

콰각!

굴절된 창백한 광선이 귓가를 스치면서 땅바닥에 처박혔다.

"……."

실은 광선이 아니었다.

흰 눈보다 더 새하얗게 빛나는 백골의 창.

끝부분을 창날만큼이나 날카롭게 벼려 낸 뼈 화살이 제대로 보이지도 않을 만큼 빠르게 날아와 꽂힌 것이었다.

내가 쳐 내긴 했지만 화살은 그저 날카로운 것만이 문제가 아니었다.

'일단 적중하기만 하면 몸속에서 지독한 시독을 분사하는 무기.'

응축된 시체의 독은 고위 랭커에게도 치명적이었다.

그러므로 한 번이라도 맞아서는 안 된다.

다행스럽게도 한성우는 날아드는 뼈 화살의 움직임을 충분히 읽어 낼 수 있는 경지에 도달한 헌터였다.

하지만 이엘린은……

"아이싱 베리어!"

발을 놀려 피하기보다는 자신의 마법을 이용해서 뼈 화살을 막아 내겠다는 생각인 듯했다.

콰직, 콰자작!

지면 아래에서 솟구치는 얼음의 벽들이 용케도 요격을 묶어 낸다.

나는 그 추세를 유심히 지켜보다가 다시 달리기 시작했다.

'그래도 S등급 보스 몬스터 출신이라서 발이 느리진 않네.'

조금 아슬아슬한 감이 있긴 하지만, 안전지대 안까지 들어가기에는 충분하겠다는 계산이었다.

이대로 달린다.

"계속 갑니다!"

"넵!"

"예."

이젠 나, 이엘린, 한성우 순서.

숫제 비처럼 쏟아지는 뼈 화살들을 피하며 우리는 계속해서 직진했다.

이 악마궁의 뼈 화살 공격은 어떠한 딜레이도 없이 계속해서 이어지는 것이 특징이었다.

총안(투사 무기를 쏘는 벽의 구멍) 역시 드러나지 않는 형태였으니.

'무조건 안전지대 안으로 들어가야 돼.'

요격에서 자유로워지는 유일한 방법이었다.

그렇게 우리가 악마성을 향해 돌진하자, 게이트 몬스터들은 곧바로 뒤를 따라왔다.

놈들이 화살 세례에 고스란히 노출된 순간.

퍼버버벅!

크콰라라라라라라-!

피륙이 관통되고 찢겨 나가는 끔찍한 소리와 함께 놈들이 울부짖는 소리가 귓등을 때렸다.

그리고 놀랍게도 눈앞으로 시스템 메시지가 와르르 출력되었다.

[알림 : 환경을 이용하여 B등급 몬스터 '최정예 리자드맨 칼잡이'를 처치했습니다.]

[알림 : 환경을 이용하여 S등급 몬스터 '맹독성 성체 아라크네'를 처치했습니다.]

[알림 : 환경을 이용하여 A등급 몬스터 '노련한 켄타우로스 투창꾼'을 처치했습니다.]

[……]

[알림 : 레벨이 올랐습니다!]

내가 악마궁의 요격 장치를 이용해서 몬스터들을 사냥하는 것으로 판단한 시스템이 경험치를 왕창 먹여 준 것이다.

덕분에 레벨이 한 단계 올랐다.

'게이트 내부도 아닌데 레벨 업이 이뤄지다니. 역시 내가 의심하고 있는 게 사실인 걸까?'

어쨌거나 레벨 업 자체는 마다할 일이 아니었다.

이걸로 레벨 81.

무얼 하더라도 경험치가 오르지 않는 마의 영역으로 들어갈 때였으니까.

그런데 그때, 이엘린 쪽에서 움직임이 조금 느려지는 것이 느껴졌다.

레벨이 오르면서 빨라진 나와는 반대로, 순간적으로 멈칫하는 느낌.

대충 알 듯했다.

'몬스터들에게 동질감 같은 걸 느끼는 모양이군. 하긴, 불과 어제까지는 비슷한 처지였으니까.'

하지만 그럴 때가 아니었다.

나는 아공간에서 블랙 포스를 꺼내서 활줄을 세게 당겼다.

그러다가 머리 위로 쏘아 보냈다.

[스킬 : '빛 부수기'.]

피이이이익-!

포물선을 그리며 등 뒤로 날아간 화살.

이어서 일어나는 하얀 명멸.

잠시나마 시야가 끊어지면 발도 묶이기 마련이다.

'더 따라오지 못할 거다.'

이건 악마궁에서 쏟아지는 뼈 화살에 아직 적중되지 않은 몬스터들에게 던지는 견제구이자 결정타였다.

초대형 섬광탄이 하늘을 수놓은 결과.

[알림 : 환경을 이용하여 미니 보스 '초대형 기형체 아이스 웜'을 처치했습니다.]

[…….]

[알림 : 환경을 이용하여 게이트 보스, 빙판의 지배자 '드레이크 더 실버'를 처치했습니다!]

[업적 : 지극히 지능적인 사냥술입니다.]

[보상 : 칭호 '완벽한 사냥꾼'이 복구되었습니다.]

[알림 : 레벨이 올랐습니다.]

　지능적인 움직임으로 뼈 화살을 피했던 몬스터들이 사냥 당했다.

　덕분에 새로운 사냥꾼 칭호 하나가 복구되었고 레벨이 또 한 단계 올랐다.

　캬랴라라라라라!

　놈들이 발악하며 터트리는 흉포한 울음소리.

　순간적으로 설원이 뒤흔들리자 이엘린은 다시 재깍재깍 방어막을 전개하기 시작했다.

　이제야 상황의 엄중함을 깨달은 것이다.

　다시 나아가던 나는 두 사람을 향해 소리쳤다.

　"저기! 저기까지만!"

　거의 다 왔다.

　백골로 만들어진 성벽 가까운 곳.

　이제 곧 안전지대에 도달할 예정이었다.

　정면으로 날아드는 뼈 화살 하나를 용검으로 후려쳐서 날 려 버린 나는 재빨리 몸을 던져서 그 범위 안으로 들어섰다.

　그리고 뒤를 돌아보았다.

　'이엘린은? 살아 있겠지?'

　내내 아슬아슬했던 요정은…….

　"하아앗!"

놀랍게도 공중제비를 돌면서 마지막 요격을 피하더니 내 옆으로 착지했다.

마지막엔 결국 마력이 다했는지, 방어막이 아니라 신법을 사용하고 있었던 것이다.

그녀는 안도의 한숨을 내쉬었다.

"궁수대 시절 이후로 이렇게 열심히 뜀박질을 한 건 처음이에요, 휴우우!"

나는 피식 웃으며 고개를 돌렸다.

마지막으로 한성우가 안전지대를 밟는 것이 보였다.

"일단 궁전 안으로 들어갑시다. 설명은 그다음에……."

그런데 그때.

"……마스터."

예상치도 못하게 한성우가 낮은 목소리로 나를 불러 세웠다.

왠지 심상찮은 느낌에 그를 돌아본 나는 입술을 꾹 깨물고 말았다.

축 늘어진 어깨.

그리고 팔뚝을 타고 흘러내리는 선혈.

"이런."

"죄송합니다. 폐를 끼치게 됐습니다."

이엘린이 아니라 올노운이 뼈 화살에 맞을 줄은 몰랐다.

재빨리 다가가서 상태를 살펴보았다.

'좋지 않은데.'

왼쪽 어깨 부근이 꿰뚫리면서 붉은 피가 펑펑 쏟아지고 있었고, 그 부근의 피부는 이미 하얗게 변한 상황.

백골에 스며 있던 시독이 한성우를 빠르게 먹어치우고 있었다.

나는 한성우의 눈동자를 향해 손가락을 펴서 보이며 물었다.

"이거, 몇 개로 보입니까?"

"3개?"

"2갭니다. 젠장. 벌써 중독됐군."

"독이 강하군요……."

"태연한 척 집어치우고 마력을 움직여 독기를 중화해서 체외로 밀어내십시오. 쉽진 않겠지만 할 수 있습니다."

다시 눈보라가 몰아닥친다.

다행스럽게도 게이트 몬스터들은 악마궁으로 다가오기를 포기했는지 더 이상 눈에 띄지 않았다.

급히 움직일 필요는 없으니 잠시 휴식을 취할 수 있을 것이다.

하지만 한성우는 고개를 저었다.

"아닙니다. 절 두고 가십시오. 전 여기 남아 있겠습니다."

……남겠다고?

나는 눈살을 찌푸렸다.

"혹시 '난 가망이 없으니 여기에 버리고 가라, 너희라도 살아남아!' 뭐 이런 소릴 하려는 겁니까? 그렇다면 나야말로 실망인데요."

뭔가를 포기하는 것도 싫고 죽음을 자처하는 놈들은 더더욱 싫다.

한성우의 부상은 일반 회복 포션으로 회복시킬 수 없을 만큼 위중한 것이긴 했지만, 당장 포기할 만큼 심각한 것도 아니었다.

약한 소리를 지껄이는 것은 지금부터 약해지겠다는 것이나 다름없었다.

"하하, 그런 거 아닙니다."

"아니라고요?"

"예."

한성우는 가볍게 웃음을 터트렸다.

독기가 몸을 타고 도는지 초점이 살짝 흐릿해진 눈동자.

하지만 그는 마력을 일으켜서 독기에 대항하기 시작한 듯했다.

은은하게 불어오는 마력의 흐름이 그 증거였다.

오히려 더 단단하고 굳건해진 마력은 삶을 때려치운 자가 부릴 수 있는 힘이 아니었다.

"마스터, 사실 저는 존 메이든 그놈이 자꾸 신경이 쓰였습니다. 부끄럽습니다만…… 그래서 마지막에 일격을 허용한 겁니다. 딴생각을 하다가 한 대 맞은 거지요."

"존 메이든이 신경이 쓰인다니? 왜요?"

"어쩌면 놈의 선택이 옳은 게 아닐까, 신인류의 방식을 택하는 것이 이 세계를 구할 가능성을 조금이라도 높여 주는 것이 아닐까…… 그런 생각이 들었습니다."

"……그래서 결론은?"

"허튼 생각이지요. 괴물과 싸우기 위해 더 지독한 괴물이 되겠다는 것이나 다름없으니."

나는 고개를 끄덕였다.

"괴물이 되지 않고도 싸울 방법이 있으니까. 미련한 짓입니다."

"동의합니다. 하지만 존 메이든은……."

한성우의 눈빛은 여전히 눈보라를 바라보고 있었다.

한참이나 생각하던 그의 입술이 무겁게 열렸다.

"그 녀석은 제 친구입니다. 헌터로서 함께 시작했고, 파티원으로서 함께 싸웠으며, 아내를 잃었을 때 함께 울어 주었던 가족이기도 하지요."

"……."

"올노운이라는 콜네임을 지어 준 것도 존입니다. 제가 딸바보이면서 아내 바보라는 사실이 세상 사람들에게 '모두 알려졌으면' 하는 마음으로 지어 준 이름입니다."

나는 말문이 막히고 말았다.

그 이야기에서 나와 신우, 옛 클로저스의 친구들이 떠올랐으니까.

"그러니까 다시 한 번만 싸워 보겠습니다. 허락해 주십시오, 마스터."

"이기지 못할 겁니다."

"하지만 그놈도 절 이길 순 없을 겁니다."

"양패구상이라도 하겠단 말씀입니까?"

"그럴 리가요. 전 제 딸에게 돌아가야 합니다. 양패구상을 시도할 수는 없지요."

"그러면?"

"방법이 있습니다. 적어도 존이 저를 죽일 수는 없을 겁니다. 믿어 주십시오, 마스터."

"……알겠습니다."

한성우를 더 말릴 수 없었던 나는 고개를 끄덕였다.

어차피 존 메이든도 여기에 도달하기 위해서는 먼저 무왕을 꺾고 악마궁의 요격까지 막아 내며 들어와야만 했다.

그때쯤이면 한성우의 상처도 어느 정도 회복되었을 것이다.

'하지만 행여라도 문제가 생긴다면…….'

보험 하나 정도는 필요하겠지.

나는 아공간 주머니에 있던 물건 하나를 꺼내서 그에게 건네주었다.

그러자 한성우의 눈동자에 물음표가 찍혔다.

"이게 뭡니까? 약입니까?"

"비슷한 겁니다. 혹시 상황이 안 좋게 돌아갈 때를 대비해서 드리는 거니까 잘 가지고 계시다가, 도저히 안 될 것 같으면 사용하십시오."

"음."

"분명히 말씀드렸습니다. '도저히 안 될 것 같으면.' 아시겠지요?"

"알겠습니다."

한성우는 고개를 꾸벅 숙였고, 나는 그에게서 시선을 거두었다.

악마궁으로 들어가는 거대한 출입구 앞.

나는 이엘린과 함께 문을 열고 안으로 들어섰다.

어김없는 시스템 메시지.

[알림 : 게이트 보스 '카르테시오라'의 관할 구역에 진입했습니다!]

……그러나 악마왕 카르테시오라는 이미 죽었다.

놈의 모가지는 잔혹하게 절단된 채 성벽 위에 효수되어 있었다.

그렇다면 여긴 누가 지배하고 있는 궁전일까.

설마 비어 있나?

'아냐. 그럴 리가 없지.'

그렇다면 이곳에서 벌어지고 있는 미친 상황의 주동자가 사라진다.

오히려 신인류 측의 누군가가 나서서 궁전과 시베리아 일대를 지배하고 있다고 보는 것이 타당했다.

카르테시오라가 잃어버린 한쪽 눈알이 그 증거였다.

'그 검은 눈은 마왕안(魔王眼)이잖아?'

최고위 악마들을 사냥했을 때 습득할 수 있는 아티팩트.

마왕안은 재료로 사용할 수도 있지만 직접 효과를 흡수하는 식으로도 활용할 수 있었다.

악마들이 부리는 기술을 습득하는 가장 빠른 방법이었다.

마왕안을 흡수한 헌터는 모든 눈이 시커멓게 변한다.

그런데.

'신인류의 창립자가 게이트 테러리스트 시절에 검은 눈이라는 콜네임을 썼다고 했었지.'

시베리아에서 하나의 덩어리로 집결하는 비밀들.

나는 강한 의구심을 품고 있었다.

신인류의 검은 눈이 카르테시오라를 먹어치우고 우두머리라도 된 걸까?

"……."

다른 생각은 떠오르질 않았다.

뿌그르르르르…….

수조 속에서 일어난 기포들이 남자의 몸을 휘감으며 소용돌이를 일으키고 있었다.

공기방울의 움직임에는 일견 아무런 규칙도 없는 듯했다.

그러나 최신우는 긴장된 표정으로 그것을 지켜보고 있었다.

그녀의 손끝에서 시작된 마력이 수조 안에서 회전을 만드는 중이었다.

[스킬 : '여혼과 이령의 파도'.]

[알림 : 불완전한 스킬이 작동하고 있습니다. 실패 확률이 있습니다.]

기포들은 그 자체로 하나의 마법진이었다.

지금껏 세상에 존재하지 않았던 새로운 마법을 이루는 술식.

'제대로 작동한다면 윤수의 혼은 여과되어 육체에 남을 거고, 결합되어 있던 다른 영혼은 이식 작업을 통해서 내 수혼갑으로 넘어올 거야.'

도윤수를 회복시키기 위해서 자신의 모든 마법적 지식이

총동원되었다.

거기에 최원호와 그의 에고 소드인 해청, 손철만의 지식까지 빌려서 직접 창안한 마법이었다.

실패하면 돌이킬 수 없을지도 모른다.

덜덜덜덜.

-작은 주인, 잘될 거야. 너무 걱정하지 마.

해청은 손끝을 떠는 최신우를 다독였다.

그러나 사실은 에고 소드인 자신도 성공을 장담할 수가 없었다.

'원리와 술식 자체는 문제가 없는데, 영혼의 상태가 좀 마음에 걸려. 너무 쇠약해진 상태라서 마법 과정 자체를 견딜 수 있을지 모르겠네.'

하지만 최신우에게 이걸 이야기하진 않았다.

지금으로서는 다른 대안이 없었다.

그저 도윤수의 쇠약해진 영혼이 마법의 과정을 잘 견디기를 기도할 수밖에.

바로 그때였다.

"컥⋯⋯."

수조 안에서 눈을 감고 있던 도윤수가 허리를 뒤틀며 옅은 신음을 토해 낸 것이다.

최신우는 이를 악물며 눈을 부릅떴다.

동시에 불어 넣는 마력의 양을 두 배로 끌어 올렸다.

그러자 해청이 부웅 떠올랐다.

-작은 주인! 침착해! 완급 조절을 해야 한다니까!

그녀가 성급하게 마력을 집어넣는다고 판단했다.

하지만 최신우는 고개를 가로저었다.

"아니야. 지금 윤수가 못 버티고 있어. 영혼이 약해져서 견딜 수 있을까 걱정했는데, 오히려 반대라고!"

-반대? 그럼 육체에 문제가 생겼다는 거야?

"봐! 붕괴되고 있잖아!"

그녀의 말대로였다.

도윤수의 가슴은 비정상적으로 들썩거리며 무언가를 토해 내려 하고 있었다.

마치 내부에 갇힌 것이 육체를 찢으며 튀어나오려는 모습처럼 보였다.

서둘러야만 했다.

"마력을 더 집어넣어야 해! 더 빨리 끝내야 한다고! 그러지 않으면……!"

-저 녀석의 육체가 완전히 붕괴되겠구나.

"맞아."

최신우는 마력을 한계까지 끌어 올렸다.

한꺼번에 과도한 마력이 빠져나가자 뒷목이 뻣뻣해지는 느낌이었지만 작업을 멈출 수는 없었다.

'다시는 누군가를 잃지 않을 거야. 절대로! 절대로 안 돼!'

그러나 그 각오가 무색하게도…….

[경고 : 피술자의 육체가 불가역적인 붕괴를 일으키고 있습니다!]
[경고 : 피술자의 생명 반응이 소멸되고 있습니다!]

삐이이이이–.

"아, 안 돼! 안 돼앳!"

수조 속, 도윤수의 입술 사이로 검붉은 핏물이 터져 나왔다.

그 모습에 최신우는 미친 듯이 마력을 쏟아부었지만 상황을 바꿀 수가 없었다.

오랜 투병으로 인해 쇠락한 육체는 영혼의 분리와 이동을 견디지 못하고 무너져 내리기 시작했다.

"유, 윤수가……!"

–……유감이야, 작은 주인.

마력마저 모두 바닥나고 말았다.

최신우는 수조를 짚은 채 털썩 주저앉았고 해청은 애도를 표했다.

그토록 노력했건만, 도윤수는 수조 안에서 죽어 가고 있었다.

하지만 그 순간.

"아냐! 방법이 있어! 여과 기능을 역동작하도록 하고! 거꾸로 윤수에게 수혼갑을……!"

최신우의 머릿속으로 새로운 방법 하나가 떠올랐다.

비록 정석은 아니지만 분명 될 것이라고 장담할 수 있는 방법이었다.

그녀의 설명에 해청은 의문을 표했다.

ㅡ으응? 하지만 그렇게 되면 그 영혼이 완전히 묶여 버릴지도 모르는데! 정말 괜찮겠어?

"알아! 나도 알아! 하지만 일단 살리고 봐야지!"

이대로 허무하게 끝낼 순 없었다.

'끝날 때까지는 끝난 것이 아니다.'

최원호가 타계에서 살아서 돌아왔듯, 포기하지 않아야만 길을 찾아낼 수 있었다.

그녀는 도움을 요청하기 위해 몸을 일으켰다.

일단은 당장 부족한 마력을 헌드레드나 봄향에게 빌려야만 했다.

ㅡ작은 주인! 빨리 움직여! 여기서 시간을 지체할수록 영혼이 손실될 거야!

"알았어!"

그런데 그때, 전혀 예상치 못한 목소리가 들려왔다.

문간에 선 작은 체구의 여자.

"오랜만이야. 도와줄까?"

"……어?"

최신우의 발걸음이 우뚝 멈춰 섰다.

상대가 말한 것처럼, 너무나 오랜만에 마주한 미소였으니까.

아주 잘 아는 얼굴이었다.

"장세현……?"

⌄

사박, 사박.

발밑이 꺼끌거린다.

"으아아, 소름 끼치는 감촉이네요. 할 수 있다면 계속 비행 마법을 펼쳐서 날아가고 싶어요."

내 뒤를 따르는 이엘린은 연신 몸을 부르르 떨고 있었다.

나도 그리 좋은 기분은 아니었다.

'대체 몇 명이나 여기서 죽은 걸까. 백 명? 천 명?'

어쩌면 그 이상의 단위일지도 모르겠다.

우리의 발밑에 잔뜩 깔려 있는 것은 아주 잔다란 뼛가루였다.

죽은 자의 흔적이 마치 카펫처럼 바닥을 뒤덮고 있었다.

"어마어마한 전투가 벌어졌던 것 같네요. 남아 있는 감정의 자국들이 느껴져요."

감정의 자국이라…….

여기에 죽은 러시아 헌터들이 유령으로 남아서 떠돌아다니고 있다고 해도 그리 이상할 것은 없었다.

끝내 완료되지 못한 게이트 미션.

'분명 수없이 많은 헌터들이 도전했다가 허망하게 죽어나갔을 테지.'

지금 우린 그들의 시체 위에 서 있는 것이나 다름없었다.

나는 이엘린을 데리고 음산한 악마궁의 안쪽으로 들어섰다.

"너무 조용해요."

"원래 여긴 한 발자국 들어갈 때마다 악마들과 부딪치는 곳인데 말이지."

"음, 차원 역류가 일어난 뒤에 누군가 와서 악마들을 사냥한 걸까요?"

"그럼 왜 악마궁은 그대로 뒀을까?"

"글쎄요."

타계의 요정에게 설명하기는 어려웠는데, 이 창백한 궁전은 그 자체로 꽤 쏠쏠한 값어치를 가지고 있었다.

악마궁을 이루는 모든 벽체가 은은한 마력을 뿜어내는 하등급 마력석이었으니.

'분해해서 팔아치우면 수천억 원은 남겨 먹을 수 있을 것 같은데?'

그리고 악마왕의 왕좌나 왕홀 같은 물건은 EX급 마력석으로 이루어져 있었다.

스캐빈저들에게는 말 그대로 노다지와도 같은 곳.

그런데 건드린 부분이 전혀 보이지 않았다.

격렬한 전투가 일어났고, 수많은 헌터들이 죽어 나갔다
는 것은 이 궁전의 존재가 제법 알려졌다는 의미이기도 할
텐데.

'청소부 짓거리에는 전혀 관심이 없는 놈이라는 건가?'

궁전의 가장 깊은 곳으로 들어가며 나는 팽팽한 긴장감을
느끼고 있었다.

지구로 돌아온 이후로 가장 초조한 기분.

저 앞에 숨어 있는 것이 무엇일지 예측할 수가 없었던, 오
래전의 루키 시절을 떠올리게 하는 순간이었다.

요정 왕녀가 입을 연 것은 바로 그때였다.

"최원호 님, 얼음이……."

"응? 뭐라고?"

"어, 얼음이 끓고 있어요."

"그게 무슨 말이야?"

"저기! 저기요! 거대한 얼음이 펄펄 끓고 있단 말이에요!"

"얼음이 끓는다니. 대체 무슨……."

나는 그녀의 손끝을 쫓아서 시선을 옮겼다가 흠칫 놀라고
말았다.

무슨 말인가 싶었는데 정확히 그 말대로였다.

악마궁의 한복판에 서 있는 거대한 얼음의 폭포.

지면으로부터 괴이하게 자라난 빙벽의 표면이 바글거리면서 끓고 있었던 것이다.

대체 이게 뭐지?

'카르테시오라의 악마궁에 이런 구조물이 있었던가?'

아니, 아니었다.

결단코 처음 보는 물건이었다.

나는 이 이상한 물건의 작동 기전을 알아보기 위해 기감을 일으켰다.

그리고 빙벽으로부터 어마어마한 양의 '순수 마력'이 쏟아지고 있다는 사실을 깨달았다.

가까이 다가서자 신성 스탯이 곧장 반응했다.

　[보상 : 신성 스탯이 1만큼 올랐습니다!]

　[보상 : 신성 스탯이 1만큼 올랐습니다!]

　[……]

　[정보 : 신성 스탯의 총합이 60이 되었습니다.]

미친.

흘러 들어오는 힘을 넙죽넙죽 받아먹은 신성은 단숨에 60에 도달했다.

자, 이 힘은 게이트의 통제력이자 조정력이다.

'그런데 이 힘이 이런 수준으로 농축되어 있다는 것은……'

설마.

나는 불길한 생각을 떠올리며 얼음의 폭포를 바라보았다.

나에게 신성 스탯을 선물해 주고도 여전히 기이한 모습으로 끓고 있는 빙벽.

"……그렇군."

매끄러운 표면에서 거품이 올라오는 상태를 살펴보던 나는 곧 뭔가를 알아차리고 뒤로 물러섰다.

"왜 그러세요?"

"이건 디멘션 하트야. 전부!"

"예에?"

나는 비로소 이 폭포 같은 것의 정체를 깨달았다.

우리가 얼음이라고 생각했던 것은 얼음이 아니라 보석의 집합체였다.

게이트의 근원인 디멘션 하트를 한곳에 모으고 정교하게 다듬어서 짜 맞춘 벽면이었던 것이다.

다가와서 살펴본 이엘린이 헉 소리를 냈다.

"저, 정말이네요? 이거, 하나가 아니라 수백 개의 디멘션 하트를 일일이 짜 맞춰서……? 아니, 왜 이런 짓을 했을까요?"

"……흐음."

취미라기에는 스케일이 지나치게 방대했다.

시베리아 설원에 만들어져 있는 수천 개의 게이트에서 디멘션 하트를 하나씩 뽑아내는 작업을 해야 하는 것이다.

'그리고 게이트에서 디멘션 하트를 파괴하지 않고 그대로 들고 나오는 작업도 만만한 게 아니지.'

내가 이엘린을 그대로 빼낼 때 공을 들였던 것과 마찬가지로 게이트의 이목을 속여야만 했다.

즉, 게이트에서 몬스터를 뽑아내는 일만큼이나 자원과 노력이 필요했던 것이다.

'그런데도 이런 작업을 해 두었다는 건…….'

당연히 그만한 가치가 있는 일임을 의미했다.

지금 벽의 표면이 끓고 있는 현상과 관련이 있는 일.

'역시 그런 걸까?'

미친놈들.

내심 짚이는 바가 있었지만 입 밖으로 내진 않았다.

그나저나 이게 다 디멘션 하트란 말이지?

"그래, 마침 잘됐네. 자, 받아."

나는 허리를 굽혀 땅바닥에 굴러다니던 디멘션 하트 하나를 집어 들어 이엘린에게 건넸다.

원래는 하나의 게이트를 모두 공략해야만 간신히 손에 넣을 수 있는 아티팩트였는데.

"하나 더 줄까? 자."

"……아까 하나만 있으면 된다고 하셨잖아요."

"여기 많잖아. 기왕이면 맘에 드는 걸로 골라서 하라고."

이곳에선 발에 채이도록 굴러다니고 있었다.

이엘린은 황금색의 디멘션 하트 하나를 손에 들고 그것을 가만히 바라보고 있었다.

꽤 긴장한 표정이었다.

"떨려요. 될까요?"

"나도 모르겠어. 일반적인 상황은 아니니까. 어쨌든 해 봐야지."

"네, 해야죠."

고향 세계의 수복을 꿈꾸는 요정 왕녀에게 예전의 '격'을 되찾게 해 줄 행위.

난 그녀가 디멘션 하트를 파괴함으로써 게이트 몬스터의 굴레에서 벗어나 나와 똑같은 헌터로 돌아오리라고 예상하고 있었다.

하얀 팔뚝에 힘이 들어가는 것이 보였다.

콰직!

이엘린이 가볍게 미간을 찌푸리자, 황금색 디멘션 하트에 실금이 번져 나갔다.

이어서 시작되는 방사형의 균열과 파괴.

파사삭!

"……악력 좋네."

"궁수니까요."

그 대화가 마지막이었다.

완전히 부서진 디멘션 하트가 황금빛 가루가 되어 이엘린의 손아귀에서 모래처럼 우수수 흘러내린 그 순간.

"흐읍!"

요정 왕녀는 몸을 뒤집으며 눈을 부릅떴다.

마치 감전된 것처럼 옅은 경련이 이엘린의 사지를 뒤흔들고 있었다.

뭐지? 뭔가 잘못됐나?

"이엘린? 이엘린!"

"……."

쓰러지려는 그녀의 몸을 받아 내며 이름을 불러 보았으나 대답은 없었다.

오히려 다른 목소리가 끼어들었다.

〈손님이 오셨구려. 부른 적은 없지만 기다리고 있었소. 허허허.〉

"……!"

저 빙벽처럼 보이는 디멘션 하트의 결합체 속에서.

웬 초로 노인의 얼굴이 나에게 말을 걸어온 순간이었다.

그건 지독하게도 시커먼 눈동자였다.

나는 쓰러진 이엘린을 등 뒤로 숨기며 노인의 얼굴을 노려보았다.

"카르테시오라의 마왕안을 가졌군. 그렇다면 네놈이······?"

〈허허. 이 몸은 '백작'이라고 불린다오. 내 친구들과는 이미 안면이 있으시겠지?〉

백작, 무왕, 이사장.
전 세계의 신인류 조직을 나누어 관리하는 세 사람.
나는 그 세 번째 인물과 마침내 마주한 것이다.
하지만 직접 대면한 것은 아니었다.

"······계속 그 안에 있을 건가? 뭐, 사회적 거리두기 같은 거야? 왜 본신을 직접 드러내지 않는 거지? 너희 신인류는 다들 그러던데 말이야."

놈은 마치 화상 통화를 하듯 빙벽 속에서 나를 바라보고 있었다.

벽면은 여전히 부글거리고 있었기에 노인의 얼굴은 무척이나 기괴하게 보였다.

백작은 웃음을 터트렸다.

〈크헐헐헐헐! 무왕과 이사장도 그랬소이까? 그건 내가 사과하

리다. 다 나를 보고 배워서 그런 듯싶으니.〉

"당신을 보고 배웠다고?"

〈물론 그럴 수밖에. 나는 최초의 신인류외다. 그리고 최후의 구
인류가 될 예정이고.〉

"……!"
잠시 곱씹어 보니 꽤나 섬뜩한 말이었다.
신인류로서 새로운 시대를 열겠다는 포부와 함께, 기존의
인간들을 전부 부정하겠다는 이야기였으니까.
나는 가만히 눈살을 찌푸리며 벽면 너머의 노인을 노려보
았다.
그러자 그는 어쩔 수 없다는 듯 흐릿한 웃음을 내보였다.

〈그래. 정 불편하다면 몸을 하나 보내겠소. 조금 물러나 주시구
려. 서너 걸음 정도만 뒤로. 아, 좋소. 충분해.〉

이엘린을 거둔 내가 물러선 순간, 디멘션 하트로 만들어
진 벽면이 크게 출렁였다.
마치 조용히 끓던 냄비 속에서 새로운 파문이 일어나는
듯, 무언가가 바깥으로 넘쳐 흘렀다.

그리고 벽면에서 사람 하나가 오른발을 앞으로 내디디며 튀어나오고 있었다.

"음, 시베리아는 언제나 춥구려."

동양인 소년이다.

나를 향해 평범한 미소를 짓는 소년.

"허허, 젊은 '인형'에게도 이럴진대, 노인의 몸으로 직접 갈 수는 없는 법 아니겠소? 손님께서 양해해 주시오."

"인형……."

나는 말없이 상대를 노려보았다.

길거리나 지하철에서 마주치고 지나가더라도 전혀 기억하지 못할 만큼 특별한 것 없는 인상.

정말이지 필부(匹夫)와도 같은 남자아이였다.

하지만 내 손바닥 안에서는 진득하게 땀이 들어차고 있었다.

묵직한 압박감 때문이었다.

'무왕이나 이사장과는 비교도 할 수 없겠어.'

내가 느끼기에 무왕과 이사장이 부렸던 인형들은 그리 대단할 것이 없었다.

제법 그럴싸한 파괴력을 보여 주긴 했지만 결정적인 순간에는 늘 나에게 제지당했고…….

결과적으로는 본신이 아니면 나와 대적할 수 없다는 교훈을 얻는 정도에서 그쳐야만 했다.

하지만 백작의 인형은 조금 달랐다.

'존 메이든급이라고 해야겠는데?'

작은 몸에서 풍겨 나오는 마력의 아우라는 정석진 마스터 이상이었고.

언뜻 대충 서 있는 것처럼 보이지만, 막상 찌르고 들어갈 틈이 보이지 않는 신체 균형은 올노운만큼이나 절묘했다.

'정석진과 한성우. 두 사람을 합쳤다면 존 메이든 이상이라고 해야겠지. 그런데 이게 인형이란 말이야?'

백작의 인형술이 그토록 고강한 것일까.

아니면 놈의 본신이 위대하기 때문에 힘이 넘쳐흐르고 있는 것일까…….

알 수 없는 일이었다.

"생각이 너무 많아 보이는구려. 그러지 마시오. 노인네가 여태껏 살아 보니 그리 좋은 습관이 아니더이다. 크헐헐헐헐!"

고작해야 막 고등학생이나 되었을 법한 소년이 할아버지처럼 말하니 뭐라 형용할 수 없을 만큼 이질적인 느낌이었다.

그리고 저 칠흑처럼 시커먼 외눈.

악마왕 카르테시오라의 마왕안.

"……."

잠시라도 바라보고 있으면 내 의식 전체가 빨려 들어갈 것처럼 심유한 눈이었다.

이미 주변이 느릿하게 일그러지고 있었다.

시간이 서서히 느려지는 듯한 몽롱한 감각…….

어-?

'이 새끼가!'

뭔가 작동하고 있음을 깨달은 나는 혀끝을 질끈 깨물었다.

순간적으로 비릿한 피 맛이 입안에 퍼졌다.

그와 동시에 메시지들이 눈앞으로 떠올랐다.

[알림 : 특성 '통찰'이 반응하고 있습니다.]

[정보 : 정신적인 지배력이 행사되고 있음을 간파했습니다.]

일그러짐은 사라졌고 시간도 곧바로 제자리를 되찾았다.

나는 백작의 인형을 노려보며 입술을 비틀었다.

"초장부터 얄은 수작질을? 백작이면 귀족답게 굴어야 하는 것 아닌가?"

"음, 들켰소이까? 껄껄껄……."

백작은 즐겁게도 웃어 댔다.

나는 길게 심호흡하며 생각했다.

그래, 할 일을 하자.

"난 너희가 여기서 인형놀이를 하든 디멘션 하트로 조각상을 만들든 상관없어. 난 여기서 내 할 일을 하면 그뿐이야."

"그대의 할 일?"

신인류 놈들이 정확히 여기서 뭘 하려는지는 몰라도, 내가 할 일이란 절대 변하지 않는다.

게이트를 가지고 노는 신인류를 저지하는 것.

놈들이 꾸미는 일을 시궁창에다 처박는 것.

저 유치찬란한 '신세계'를 이루지 못하도록 막는 것······.

"너희는 지구와 게이트를 하나로 만들고 싶다지?"

"음."

"난 그게 싫거든. 게이트는 세상에서 없어져야 해. 영원히."

입을 다문 나는 세비지 에너지를 일으켜 야수의 권능에다 시동을 걸었다.

　　[권능 : '해결사 황소의 뿔'.]

일견 상황이 복잡한 것처럼 보이지만, 사실 단순하게 생각하려면 얼마든지 그럴 수 있다.

'디멘션 하트를 부수면 게이트는 폐쇄된다. 그리고 마침 여기에 디멘션 하트들이 차곡차곡 쌓여 있지.'

그러니 백작의 인형을 제쳐 놓고 모조리 파괴하면 될 일이다.

하지만 다음 순간.

"아니, 아니지! 말은 바로 하시오! 그대는 우리가 여기서 무엇을 하는지 알고 있지 않소이까? 이 통로를 보고도 관심 없는 척을 할 작정이오? 허허허허! 그대의 아비와 어미가 지옥에서 울겠구려!"

"……뭐?"

대뜸 부모님을 들먹이는 말에 어안이 벙벙해지고 말았다.

백작의 인형은 교활한 미소를 지어 보였다.

"그대는 카르테시오라가 우리 인류에게 무슨 짓을 했는지 알고 있을 거요. 그렇지 않소? 예언자님께서도 당신을 주목하고 계셨으니, 이야기는 충분히 들었을 터인데?"

"……."

결사단의 눈들이 '여신'을 통해 신인류에 대해 알고 있었던 만큼, 신인류 역시 '예언자'를 통해서 결사단의 사정을 꿰고 있는 듯했다.

'지구의 보호자'는 결사단의 여신이자 신인류의 예언자로서, 철저하게 중립을 지켰던 것이다.

'지독한 방관자.'

우리 세계를 지킬 수만 있다면 무슨 방법을 쓰든 상관없다는 것이 여신의 논리였다.

나는 가만히 입을 열었다.

"통로라고 했나?"

"그렇소이다."

백작의 인형은 고개를 끄덕이며 등 뒤에 있는 빙벽을 가리켰다.

"우리 지구인들이 만든 차원 통로요. 아직 완성된 것은 아니지만…… 곧 완벽해질 거외다. 필경 그대도 이 업적을 칭송하게 되겠지! 크헐헐헐헐!"

하지만 나는 고개를 저었다.

"지랄 마. 난 관심 없으니까."

"오호? 관심이 없으시다? 정말로? 이것이 '차원 통로'라는 것을 알고서도 말이오?"

"……그래. 내가 왜 너희의 같잖은 공작 놀이에 장단을 맞춰 줘야 하지?"

그러자 백작은 헛웃음을 지었다.

놈은 내가 진실을 말하는 것인지 의문스럽다는 듯이 고개를 기울이더니, 곧 멋대로 지껄이기 시작했다.

"2002년에 바로 이곳에서 악마왕의 게이트가 역류했소이다. 그리고 쏟아져 나온 악마종들은 금세 러시아를 장악했소. 그러자 세계 클랜 협의회는 굴욕적인 휴전 협정에 서명했으며……."

인형은 빙글빙글 웃고 있었다.

"……그대의 아비와 어미는 악마계로 압송되었지."

바로 내가 영원 모래 미로의 4구획에서 보았던 그 장면.

내가 끼어들어 아버지가 압송되는 것은 막았지만, 실제 역사에서는 두 사람 모두 사라졌다.

"전 세계적으로 적지 않은 차원 과학자들이 죽거나 붙잡혀 갔소이다. 내 아들도 그중 하나였지. 녀석은 저항했지만 살해당했소."

어울리지 않게 노회한 쓴웃음을 띄우는 인형 소년.

그 뒤에 있을 노인은 음울하게 말을 이어 갔다.

"악마종은 게이트가 차원 간을 잇는 통로라는 사실을 잘 알고 있었소. 그래서 그걸 역이용하기로 한 거요. 게이트를 임의로 열어서, 더 쉽게 다른 차원을 침공할 방법을 확보하는 것. 그게 놈들이 지구인 과학자들을 압송해 간 이유이외다."

"……."

"대단히 건방지지 않소? 그리고 우리라고 못할 것 없지 않소이까? 놈들만큼 지독해지면 될 일이오! 받은 대로 갚아 주는 것은 당연한 것 아니오?"

나는 작게 한숨을 내쉬었다.

"그래서?"

"크헐헐헐헐! '그래서'라니? 모르겠소? 나는 악착같이 방법을 찾다가 여기까지 온 거요. 테러리스트로 시작해서 결사단, 그리고 신인류……."

크하하하하!

백작은 귀기가 어린 웃음을 토해 냈다.

냉담함 속에서 광기가 넘쳐흐르고 있었다.

"세상 사람들은 존 메이든을 칭송하지만 결국 악마왕을

사냥한 건 나와 내 인형들이었소이다. 그 존 메이든도 지금은 나의 수족이 되었지."

"……."

"재밌지 않소? 이런 곳에서 세상 사람들이 알지 못하는 노인네 하나가 모든 것을 쥐락펴락하고 있다는 것이. 크흐흐흐흐흐!"

한참이나 웃던 백작의 인형이 별안간 자르듯이 웃음을 그쳤다.

그리고 나에게 서늘한 목소리로 경고했다.

"선택하시오. 나는 직접 차원 통로를 열고 악마계에 전쟁을 선포할 거요. 내게 동참할 것인지, 날 방해할 것인지. 만약 동참하겠다면 신인류의 힘을 나누어 줄 것이고……."

"동참하지 않겠다면?"

"그렇다면 여기서 마력 체계를 폐해야 할 것이오. 바깥과 전쟁을 벌이기 전에 내부 단속을 하는 것은 지극히 당연한 절차 아니겠소이까?"

"……."

난 입을 꾹 다물었고, 백작은 짧게 말했다.

"나는 복수를 원하오. 그러기 위해서는 뭐든 할 수 있소이다."

이야기가 조금 길었지만 요점은 하나였다.

그는 나에게 동참을 요구했다.

21년 전, 악마계에게 당한 것이 있으니 이제 거꾸로 차원 전쟁을 걸어서 놈들의 세계를 박살 내겠다는 당찬 포부.

'신인류라는 것도 결국은 전쟁에 투입할 전투원들을 확보하기 위해서 만든 조직이었군.'

순수 마력을 받아들인 헌터는 그 전투력이 월등히 강화되며…….

심혁필이 사용하던 지배 스킬이나, 간부들이 사용하는 인형술 등의 스킬이 더해지면 명령에 절대 복종하는 병사로 거듭날 터.

타계라는 극한 상황에서 침략군으로 활용하기에는 더할 나위가 없는 존재들이었다.

'……모두 차원 전쟁을 위한 준비였군.'

나는 말없이 상대를 바라보았다.

그러자 백작이 클클 웃었다.

"아까도 말했지만 고민이 길면 좋을 게 없소이다. 최원호 헌터, 그대도 악마계에게 부모를 잃었을 텐데 무얼 망설이는 거요? 복수하고 싶지 않소?"

그래, 나도 알고 있다.

'복수는 무엇보다도 달콤하다는 것.'

게이트 공략 중에 동료를 잃을 때면, 그것을 되갚아 주기 위해 필요 이상으로 잔혹한 수법을 쓸 때도 있었다.

그래서 잠시나마 혹하기도 했던 것 같다.

하지만 결론은 처음부터 정해져 있었다.

차원 전쟁? 신인류에 가담하라고?

"× 까. 난 나보다 약한 놈의 말은 듣지 않는다."

언젠가 신우에게 했던 농담을 다시 던지면서 가운뎃손가락을 들어 올려 주었다.

나는 복수가 달콤하지만 동시에 공허하다는 사실을 알고 있었다.

그리고 끊을 수 없는 악순환의 고리가 되리라는 것도 알고 있었다.

'결국은 제 꼬리를 집어삼키는 뱀이 되겠지.'

차라리 악마계에 잠입해서 사람들을 구해 오자는 이야기라면 받아들였을지도 모르겠는데.

고작 노인네의 자기만족을 위한 파괴 행위에 장기짝이 되어 줄 수는 없었다.

난 이런 일을 위해서 야수계에서 돌아온 것이 아니다.

백작의 인형은 차갑게 웃었다.

"정말로 그렇소이까? 후회하지 않을 자신은 있는 거요?"

나는 대답을 내놓는 대신에 세비지 에너지를 다시금 끌어올렸다.

그러자 상대는 킥 웃었다.

"허허, 그래. 그렇군. 실은 그럴 줄 알았소. 사실 나도 그대가 썩 마음에 들진 않았소이다. 피차 뜻이 맞았구려."

사박.

지금껏 내내 움직이지 않았던 인형이 한 발을 앞으로 내디뎠다.

여전히 정신을 차리지 못한 이엘린을 구석에 치워 두고 나는 전투에 대비했다.

바로 다음 순간.

"……!"

눈앞이 시커멓게 변했다.

그리고 저릿한 통증과 함께 절대 달가울 수 없는 메시지 하나가 툭 떠올랐다.

　　[경고 : 신체에 심각한 결손이 발생했습니다! 즉시 조치하십시오!]

신체 결손 경고.

아주 오랜만에 만난 비보였다.

◆

내 감각을 삼켜 버린 어둠은 깊게도 가라앉아 있었다.

손가락 3개가 잘려 나갔다.

[알림 : 오른손 엄지, 검지, 중지가 상실됨에 따라 심각한 출혈이
시작됩니다.]
　　[경고 : 즉시 지혈하십시오!]

　　통증을 견디기 위해 나는 이를 악물어야만 했다.
　　"큭……."
　　절단통은 전투 중에 겪을 수 있는 통증들 중에서도 가장
위험한 것이다.
　　격통으로 인해 몸이 뻣뻣하게 얼어붙는 것은 물론이고,
자칫 쇼크로 인해 사망에 이를 수도 있다.
　　하지만 다행인지 불행인지, 경험해 본 적이 없는 고통은
아니었다.
　　'전엔 팔도 잘려 봤지.'
　　덕분에 맹수의 야성은 고통을 감내하기에 인간보다 뛰어
난 편이라는 것도 알고 있었다.

　　[안내 : 통증을 인내하고 있습니다. 통증에 의한 움직임 둔화를
극복합니다.]

　　잘린 부분의 통각이 둔해짐과 함께 되려 머릿속이 맑아지
는 느낌.
　　위기에 처할수록 생존력과 전투력이 치솟는 것은 수인의

특징이자 장점이다.

'……그래도 늘 남의 손모가지만 썰고 다녔었는데, 오랜만에 한번 잘렸네.'

자존심이 상하는 것은 불가피했다.

치명타가 아니라고는 해도, 지구로 돌아와서는 한 번도 허용하지 않았던 타격이었으니까.

그리고 이 어둠.

스스스스……

사방을 잠식한 감각의 부재는 나에게도 제법 위력적이었다.

지금의 나는 그저 백작의 목소리를 경청해야 하는 신세에 불과했다.

"그대가 지난 4년 동안에 어디서 뭘 하다가 나타났는지는 이사장도 모른다고 하던데……. 허허, 흥미로운 일이라고 생각하외다. 그가 손을 잡은 괴물들은 모르는 것이 거의 없거든."

"……."

처음에는 들개의 집념을 이용해서 청각을 토대로 시각 정보를 재구성해 보려 했다.

하지만.

[경고 : 주의하십시오. 현재 감각을 신뢰할 수 없습니다.]
[알림 : 상대의 위치를 특정할 수 없는 상태입니다.]

그마저도 제대로 작동하지 않고 있다.

즉, 시각뿐만이 아니라 내 청각에도 훼방이 있는 상황이라는 뜻이었다.

"허허, 피가 많이 나는구려. 어지럽지는 않소이까? 감각이 차단되면 제대로 서 있기도 어려울 텐데, 그만 앉으시오. 서서 당하나 앉아서 당하나 다를 것 없지 않소?"

백작의 음성은 나를 가지고 놀듯이 사방을 배회하며 울려 퍼지고 있었다.

우ㅎㅎㅎㅎㅎ―.

왼쪽에서 오른쪽으로.

머리 위에서 노닐다가도 등 뒤를 스쳐서 발밑에 있는 듯했다.

"열 받네……."

지금은 감각을 믿을 수 없음을 명심해야 한다.

순간 나는 본능적으로 고개를 꺾었다.

쉭 하며 공기가 찢어지는 소리와 함께 왼쪽 귀에서 따끔한 통증이 일어났다.

귀가 갈라지고 흘러내리는 피.

'이번엔 내 목을 노렸군.'

하지만 백작은 실패했다.

그러더니 다시 비웃기 시작했다.

"신기하구려. 눈도 보이지 않고 귀도 들리지 않을 터인데, 대관절 어떻게 피하는 것이오? 혹여 공기가 만져지기라도 하외까? 크헐헐헐헐!"

언제든지 내 목을 칠 수 있다는 자신감.

나도 어느 정도 인정할 수밖에 없었다.

백작은 내 예상보다 더 강했다.

특히 이 시커먼 어둠을 깔아 둔 수법은…….

'지구의 수준을 한참 벗어났어. 어쩌면 이놈도 타계의 존재와 손을 잡았을 수도 있겠는데?'

그렇다면 더더욱 차원 전쟁을 막아야만 했다.

악마계를 치기 위해서 인간계에서 감당할 수 없는 힘을 끌어들인다?

앞마당에 침입한 늑대를 잡으려고 호랑이를 푸는 것이나 다름없는 멍청한 짓거리였다.

반드시 대가를 치르게 될 것이다.

"흐하하하하하!"

빙빙 돌던 백작의 음성이 돌연 등 뒤에서 웃음을 터트린다.

"난 그대의 목을 잘라서 예언자님에게 가져갈 것이오. 그땐 그분께서도 중립을 지킬 수 없겠지. 분명 내가 옳았다고 인정하게 될 것이외다!"

"……!"

쉬이이익!

목소리는 후방에서 들려왔는데 정작 공격은 눈썹 근처의 이마를 찢어 놓았다.

이번에도 본능에 몸을 맡겨 머리를 뒤로 꺾지 않았다면 치명상을 입었을 일격이었다.

여전한 어둠.

놈의 마수에서 벗어날 방법이 필요했다.

"후우……."

나는 길게 심호흡했다.

여러 감각에다 한꺼번에 혼란을 주면서 의외의 공세를 취하는 놈의 싸움법은 상당히 골치 아픈 문제였다.

그러나 한 가지 맹점도 발견되었다.

'공격에 일정한 간격이 있었어.'

첫 번째에 손가락들을 내주었을 때.

두 번째에 귓가가 베였을 때.

그리고 방금 세 번째로 눈썹 근처까지.

지금까지 두 번의 간격이 있었는데, 묘하게도 두 번 모두 30초의 시차를 두고 공격이 이루어졌다.

'설마 우연일까? 날 조롱하고 싶어서 주저리주저리 떠들다가 간격이 맞았다?'

아니, 그보다는 이 간격을 숨기기 위해서 주둥이를 놀리고 있다고 보는 것이 좀 더 타당했다.

나의 가설은 곧바로 증명되었다.

티이-잉!

"……!"

이번에는 백작이 내 옆구리를 노렸지만 어이없게도 타이밍을 읽혀 버렸다.

'역시 30초.'

그리고 묘한 현상이 있었다.

정확한 순간에 내가 집중력을 발휘하자, 놀랍게도 어둠이 일부 걷히면서 공격의 방향이 슬쩍 보였던 것이다.

융견에 마력을 모아서 그것을 쳐 낸 나는 상대가 팔뚝만 한 단검을 휘두르고 있다는 사실을 알 수 있었다.

휘감고 있는 소드 코트도 변변치 않은 단검.

고작 저런 것에 손가락이 잘리다니.

'하, 진짜 자존심 상하네.'

헛웃음이 나올 지경이었다.

내가 느끼는 감정과는 별개로 백작은 당혹에 빠진 듯했다.

"……놀랍구려. 허, 허허."

놈은 짧게 감상을 말하더니 침묵에 잠겼다.

아마 내가 어떻게 제 공격을 읽은 것인지 열심히 고민하고 있겠지.

나 또한 꽤 머릿속이 복잡했다.

30초의 간격. 그리고 순간적으로 걷어진 어둠.

'이게 뭘 의미하는 걸까?'

오랜 경험과 예리한 직감에 의해 떠오른 가능성이 있었다.

앞서 백작이 떠들었던 이야기들.

　-그대는 우리가 여기서 무엇을 하는지 알고 있지 않소이까? 이 통로를 보고도 관심 없는 척을 할 작정이오?

　-우리 지구인들이 만든 차원 통로요. 아직 완성된 것은 아니지만…… 곧 완벽해질 거외다.

놈의 '통로'에 대해서 자랑스럽게도 떠벌렸다.

그게 힌트였다.

'형태야 어쨌든, 결국 디멘션 하트를 모아서 만들어 낸 차원의 통로였단 말이지.'

백작이 지적했던 대로 나는 이 장소의 용도를 어느 정도 짐작하고 있었다.

게이트는 차원 간을 이어 주는 통로이고 디멘션 하트는 그 근원이 되는 물건이다.

이것을 대량으로 응집해 두었다면, 당연히 새로운 게이트를 열 목적이 아닐까 자연스럽게 추측해 볼 수 있었다.

그리고 놈의 말에 따르면 지금 이 통로는 어느 정도 완성되어 상황.

그래, 그렇다는 말은……

'차원 간에 존재하는 시간의 차이도 작동하고 있다는 이야기지.'

정확하게 말하자면, 시간이 흐르는 '속도'의 차이.

내가 야수계에서 44년을 보내는 동안 지구는 4년밖에 흐르지 않았던 것처럼, 통로에서도 시간이 지연되는 현상이 일어나고 있을 터.

'여기에 만들어진 차원 통로가 타계와 직접 연결되는 형태를 취하고 있다면?'

이곳에서는 시간의 속도가 뒤섞이게 된다.

서로 다른 계(界)의 영향력들이 통로에서 부딪치게 되면 시간의 흐름이 들쑥날쑥하게 변할 수밖에 없었다.

앞서 이엘린이 '얼음이 끓는다'고 말했던 현상.

'그것도 오락가락하는 시간의 속도가 표면화된 현상이라고 하면 딱 적당하지.'

일그러진 시간은 관측을 방해한다.

그렇기 때문에 내 시야가 시커멓게 변하고, 백작의 목소리가 위치를 특정할 수 없도록 움직였던 것이다.

즉, 백작은 인형을 통해 자신의 스킬이 아니라 이곳의 디멘션 하트들을 이용하고 있다는 것이 내 추측이었다.

그렇다면……

'한번 끼어들어 볼까.'

다시금 30초에 도달한 순간.

나는 남은 왼손에다 세비지 에너지를 응집하면서 그대로 팔을 휘저었다.

그리고 손끝에 턱석 걸리는 감각을 그대로 낚아챘다.

날붙이를 뒤덮고 있는 소드 코트가 잠시 거슬렸지만 이 정도쯤이야.

'그대로 우그러뜨려 주마.'

[권능 : '챔피언 침팬지의 괴력'.]

침팬지가 손바닥을 뒤집는 것보다 쉬운 일이었다.

와그작!

"……!"

내내 오만했던 백작이 움찔하는 것이 느껴졌다.

그래, 놀랐겠지.

날 가지고 놀고 있다고 생각하고 있었을 텐데, 별안간 거꾸로 검을 잡혔으니.

하지만 끝이 아니었다.

괴력으로 칼날을 꺾어 버린 뒤, 나는 곧바로 신성을 발출했다.

덕분에 여기서 60의 고지를 밟은 히든 스탯.

"마음껏 써 줄게."

"……?"

나는 고스란히 쏟아 냈다.

그러자 와르르 떠오르는 시스템 메시지들.

[알림 : 게이트의 방향성을 조정할 수 있습니다.]

[안내 : 설정된 필드 범위가 한계까지 확장됩니다.]

[경고 : 외부 간섭을 배제합니다. 충돌에 주의하십시오.]

[……]

무슨 말인지는 모르겠다.

하지만 신성이 썰물처럼 빠지면서 격변이 일어나고 있음은 확실했다.

그리고 나는 그 변화의 결을 분명하게 통제할 수 있었다.

구우우웅─!

파동.

꺾인 칼날을 붙잡은 손으로부터 동심원의 파도가 너울을 치며 퍼져 나갔다.

선명함을 넘어 날카로우리만큼 확연하게 느껴지는 순수 마력.

나는 어둠이 씻겨 나가는 모양새를 보며 피식 웃었다.

"이게 되네."

엎치락뒤치락 하며 빙벽으로부터 휘몰아치는 시간의 물
결이, 이제 내 의지에 따라 움직이고 있었다.

　이엘린의 게이트에서 훼손되었던 숲을 복구시키는 것과
비슷하면서도, 그보다 더 근본적인 작용이었다.

　어디까지 되나 한번 보자.

　"헙!"

　나는 움켜잡고 있던 팔을 잡아당겨 빙벽에다 세게 던져
버렸다.

　흉악한 완력에 백작의 인형은 조금도 저항하지 못하고 그
대로 처박히고 말았다.

　당황한 눈동자가 꽤나 볼만했다.

　그리고 내가 의도한 것은······.

　[안내 : 게이트 내부의 교전 상황에 개입합니다!]

　[정보 : 참가자들의 상태를 롤 백하여 교정할 수 있습니다.]

　흘린 피를 주워 담는 것. 이 근처가 일종의 게이트로서 작
동하고 있는 상황이라면 안 될 것도 없다.

　[안내 : 잠시 기다려 주십시오.]

　[······]

<u>스르르르르─.</u>

묘한 소리와 함께 현상이 되감긴다.

내가 칼에 맞았던 이마와 귀, 떨어져 나간 손가락들까지, 모조리 백지화되었다.

언제 당했냐는 듯이 나에게서 전부 지워져 버린 것이다.

"음, 좋네."

나는 씩 웃었다.

백작의 인형이 풀썩 주저앉은 것은 그 순간이었다.

생체 반응이 아예 사라져 버렸다.

고개를 돌리니 다시 빙벽 안으로 들어가 있는 머리통이 보였다.

노인네는 나에게 으르렁거리듯 말했다.

〈그대가 '씨앗'을 가지고 있다는 것은 알고 있었지만, 그토록 큰 '꽃'을 피웠을 줄은 몰랐구려. 위험하군. 몹시나 위험해.〉

씨앗과 꽃.

신인류가 여신에게 받은 '순수 마력'을 일컫는 말이었다.

하지만 제대로 사용하지 못하고 있었다.

그렇기 때문에 다른 헌터들을 숙주로 이용해서 위력을 개화시키는 방식을 취하고 있었고.

〈차라리 여기서 무슨 짓을 해서라도 그대의 꽃을 거두어 가는 게 좋겠구려. 그래, 다소 늦춰지는 한이 있더라도 그렇게 해야겠소이다. 우흐흐흐흐…….〉

내가 가진 신성을 향해 저열한 탐욕을 드러내기에 이르렀다.
하지만 난 그냥 웃어 줬다.
일단 손가락이 제대로 움직인다는 게 맘에 들었다.
그리고 뭐?
"……내 꽃을 거둬 가겠다고?"
왠지 모르겠지만 생각할수록 무척이나 지저분하게 들리는 소리였다.
그래서 난 행동으로 답했다.
지금 가지고 있는 모든 세비지 에너지를 일거에 쏟아붓는다.

[권능 : '유령 흑사자의 송곳니'.]

시작되는 권능.
바로 이 음험한 궁전을 쓸어버릴 대규모 권능에다 불을 댕긴 것이다.

도윤수의 의식은 안개 속을 거닐고 있었다.

팔뚝 위로 끈적끈적하게 달라붙는 뿌연 연무.

이따금씩 안개 속에서 바깥 세계와 연결되기도 했지만, 육체가 점점 약해지면서 그마저도 뜸해지게 되었다.

하지만 큰 미련은 없었다.

'할 만큼 했어. 원호 형님도 다시 만났잖아.'

무엇보다 최신우에게 못다 한 이야기를 남겼다.

그러니 도윤수는 만족할 수 있었다.

이대로 세상을 뜨더라도 그리 나쁘지 않겠다는 생각이었다.

하지만.

─……난 살고 싶다. 이 머저리야. 누구 마음대로 뒈지겠다는 거냐?

함께 안개 속에 갇혀 버린 영물의 생각은 조금 달랐다.

늘 그랬듯 한 걸음 뒤에서 따라오는 그 존재를 향해 도윤수는 피식 웃음을 지었다.

'네겐 미안하게 생각하고 있어.'

─알긴 아는군. 그럼 살아. 무슨 수를 써서든 살아남으란 말이다.

'하하.'

디멘션 하트에 갇혀 있던 천마(天馬)의 혼.

이제는 자신과 떼어 낼 수 없을 정도로 결합된 영물은 강렬한 생의 의지를 드러내고 있었다.

그러나 살고 싶다고 살 수 있다면 이 지경까지 오지도 않았겠지.

'봐. 안개가 짙어지고 있잖아? 육체 바깥으로 소통할 수 없게 되어 가고 있다는 뜻이야. 아무래도 내 몸이 죽어 가는 것 같은데?'

-젠장. 결국 이렇게 되는 건가.

'그래.'

도윤수는 차분하게 그 과정을 받아들이고 있었으나, 천마는 깊은 아쉬움을 느낄 수밖에 없었다.

세상을 맛보지 못했으니까.

그저 디멘션 하트에 갇혀 있다가 허망하게 무(無)로 돌아가게 되리라는 사실이 못내 유감스러웠다.

'미안. 고마웠어.'

-……그래도 네놈과 함께 갇혀서 그리 외롭진 않았다.

'그래? 그럼 다행이네.'

빠르게 짙어지는 안개 안에서 두 존재는 각자 최후를 준비했다.

하지만 그때, 변화가 일어났다.

쏴아아아아아아-!

노도 같은 바람과 함께 안개가 흩어지기 시작한 것이다.

당장이라도 질식할 것처럼 자욱했던 연무가 어딘가로 빨려 나가고.

어느새 두 존재는 거대한 관문 앞에 서 있었다.

칠흑처럼 시커먼 강철로 빚어진 성문.

'……이게 뭐지?'

-뭔가, 위험하게 보인다. 물러서라.

'하지만 다른 길이 없어.'

-무슨. 들어가지 않는 것도 길이다!

'살고 싶다며? 세상을 보고 싶은 것 아니었어?'

-그야 그렇지만…….

'들어가야 돼, 형님처럼.'

도윤수가 떠올린 것은 최원호였다.

죽음이나 다름없는 차원 역류에서 살아서 돌아온 유일한 인간.

다른 차원에서 지구로 돌아오겠다는 선택을 내릴 때, 최원호 또한 이렇게 망설였을 것이다.

그리고 결단을 내렸다.

'할지 말지 고민될 땐, 해야 한다고 했어.'

도윤수는 과감하게 철문에 손을 얹었다.

뒤에서 머뭇거리는 천마의 영혼.

'…….'

—…….

두 존재는 잠시 말없이 시선을 교환했다.

이윽고 문이 열렸다.

"푸아아아아!"

"후우우—."

두 여자는 수조에서 손을 떼는 것과 함께 나란히 거친 숨을 토해 냈다.

당초에 예상했던 것보다 마법 작업이 오래 걸렸기 때문이다.

그래도 결과는 일단 성공.

[알림 : 아티팩트 '비어 있는 수혼갑'이 신비한 존재 '융합된 영혼'의 균열을 방지하고 있습니다.]

[업적 : 이 세계에서 처음으로 일어난 사건입니다.]

[알림 : 새로운 칭호 '괴짜 발명가'가 주어집니다.]

죽어 가던 도윤수에게 수혼갑이 덧씌워졌다.

이것은 최신우가 목표했던 것과는 정반대의 결과였다.

애초에 그녀는 뒤엉킨 영혼을 분리해서 도윤수를 인간의

육체에 남게 하고, 천마의 영혼은 수혼갑에 집어넣기를 원했으니까.

'그런데 아예 하나로 묶어 버린 상태가 됐구나.'

하지만 그렇게라도 하지 않았다면 도윤수를 잃게 될 상황이었다.

육체가 된 인간은 생존할 수 없었으니까.

작업이 끝난 뒤, 영혼의 활동이 죽은 듯이 가라앉았다는 것이 조금 마음에 걸리긴 했지만, 일단 생체 반응은 호조를 보이고 있었다.

-좀 상황이 이상해지긴 했는데, 일단 좀 지켜보자! 나도 24시간의 안정화를 겪었잖아?

해청의 말에 최신우는 고개를 끄덕였다.

분명 최악의 상황은 면했다.

그녀는 이마의 식은땀을 닦으며 털썩 주저앉았다.

그러자 문가에서 서서 상황을 지켜보던 남자가 입을 열었다.

"괜찮으십니까, 한채미 헌터님?"

헌드레드는 만약의 상황에 대처하기 위해 신경을 잔뜩 곤두세운 상태였다.

지금은 자신이 세컨드 헌터로서 재량을 발휘하여 '외부인'을 안으로 들인 상황.

혹시라도 문제가 생긴다면 즉시 조치를 취해야만 했다.

상대가 상대인 만큼 긴장감을 유지해야만 했다.

"네, 네! 전 괜찮아요! 정말로."

"다행이군요."

그녀의 말대로 별문제는 없어 보였다.

눈 밑이 시커멓게 변했지만 최신우의 얼굴에는 안도의 감정이 흐르고 있었다.

그리고 '외부인'은······.

"명불허전이네, 빙신우. 이런 새로운 마법을 창안하다니. 무모하지만 나쁘지 않은 발상이었어."

최신우를 향해 희미한 웃음을 짓고 있었다.

자취를 감추기 전과는 사뭇 달라진 인상.

두 여자는 잠시 아무런 말없이 서로를 바라보았다.

그러다가 최신우가 고개를 돌려 말했다.

"헌드레드 헌터님, 정말 괜찮으니까 잠시만 비켜 주시겠어요?"

"예? 하지만 한채미 헌터님."

"진짜, 정말, 괜찮아요."

"······알겠습니다."

헌드레드가 문을 닫고 자리를 비워 주었다.

머릿속에서 한참이나 질문을 고르던 최신우가 꺼낸 말은 이러했다.

"장세현. 돌아온 거야?"

구준백, 도윤수, 장세현.

현재 최원호가 사용하고 있는 '백수현'이라는 이름에 각자한 글자씩 지분을 가지고 있는 헌터들.

남매에게는 가족이나 다름없던 이들이었다.

그중에서도 실종 상태였던 장세현이 다시 모습을 드러낸 것이었으니.

"……."

"돌아온 거냐고."

최신우는 그녀가 다시 저 '음지'로 돌아가지 않기를 간절히 '바라고 있었다.

예전처럼 함께할 수 있기를 소망하고 있었다.

하지만 장세현은 뜻 모를 미소를 지어 보였다.

"의미 없는 질문이야. 내가 어디에 있는지는 전혀 중요한 게 아니니까."

"중요해. 세현아, 넌……."

"난 테러리스트지. 근데 그건 전혀 중요한 게 아니라고."

"무슨 소리야!"

"신우야."

장세현의 목소리가 깊게 가라앉았다.

그녀는 형악마종을 가로챈 헌터를 만나기 위해 왔다가 엉뚱하게도 옛 친구를 마주하게 되었다.

너무나 얄궂은 우연이었다.

'기왕 이렇게 되었으니…… 힌트를 주는 것도 나쁘지 않겠지.'

장세현은 옛 친구를 향해서 간단히 말했다.

"이 세계는 곧 '대변혁'을 겪을 거야."

"대변혁……?"

"구인류와 신인류가 나뉘는 거대한 변혁의 시대. 마력 각성자가 아닌 인간은 멸종할 거고, 각성자들도 두 종류로 나뉘어."

"……설마."

"신인류가 되기로 결정한 헌터와 그렇지 않은 반동분자. 미친 짓이라고? 맞아, 동감해. 하지만 곧 일어날 전쟁에서 인류가 승리하려면 어쩔 수 없는 일이야."

장세현의 음울한 목소리에 최신우는 입을 꾹 다물었다.

그리고 가만히 중얼거렸다.

"못 본 사이에 많이 변했구나."

그 말에 장세현은 한숨을 내쉬었다.

상대가 이 대화를 이해하지 못한다고 생각했기 때문이다.

"신우야, 내 말을 믿어야 돼. 그러지 않으면 이렇게 도윤수를 살려 낸 것도 다 무의미한……."

하지만 다음 순간…….

"나도 알고 있어. 오빠한테 대충 들었거든. 신인류가 '신세계'를 만들기 위해 세력을 뻗치고 있다는 것. 이제 여섯 형제단도 거기에 협력하기 시작했다던데? 맞지?"

"……?"

모처럼 당혹스러움이 들었다.

방금 제대로 들은 걸까?

잠시 자신의 귀를 의심하던 장세현은 피식 웃었다.

"꿈이라도 꿨니? 죽은 원호 오빠가 꿈에 나타나서 신세계에 대해 예언해 줬어? 다정하기도 하네."

"아니, 다정하진 않아. 여전히 심술쟁이지. 대신 좀 강해져서 돌아왔어. 네가 걱정하는 전쟁도 때려 부술 만큼."

"자꾸 무슨 헛소릴……!"

"백수현."

"응? 뭐?"

"이 클로저스 클랜의 마스터 헌터가 바로 '최원호', 우리 오빠야. 러시아에서 돌아오면 만나 봐. 그럼 확실해지겠지?"

"……백수현 조장이 원호 오빠라고?"

정수리에 벼락이 꽂힌 것처럼 장세현은 멍하니 얼어붙었다.

그럴 리가 없다.

오랜만에 만난 친구에게 웃기지도 않는 농담을 들었다는 생각이 들었지만…….

'정말? 정말로 그런 건가?'

새로 창설된 '클로저스' 클랜.

암시장에서 갑자기 사라진 형악마.

국내 대형 클랜의 연합체인 '퀸쿼러스'와 대립각까지 세우며 게이트의 활용에 반대하는 모습까지.

내내 묘하게 마음에 걸리던 부분들이 머릿속에서 하나의 퍼즐로 촤르륵 맞춰지는 느낌이었다.

최신우는 싱긋 웃었다.

"윤수를 회복시킨 이 마법도 오빠가 알려 줬어. 이젠 너나 나보다 훨씬 뛰어난 마법사거든."

"어, 어떻게⋯⋯?"

헤아리기 어려울 만큼 많은 감정이 휘몰아치는 얼굴.

대답은 간단했다.

"직접 이야기해."

이엘린은 꿈을 꾸고 있었다.

형언할 수 없는 폭격에 대지가 멸실되고, 모든 물질이 허공으로 휘발되어 버리는 지독한 악몽.

신의 분노와도 같은 창대가 떨어져 꽂힐 때마다 바닥이 요동치고 뒤집힌다.

콰가가가가가가⋯⋯!

아무리 바닥을 세게 움켜쥐어도 소용이 없었다.

온몸을 두들기는 진동과 충격은 그녀의 고함마저도 간단히 먹어치우고 있었다.

이엘린은 미친 듯이 몸부림치고 울부짖었다.

'깨고 싶어! 제발 깨워 줘! 어서 이 꿈에서 깨고 싶단 말이야!'

왕녀는 조금이라도 멀리 도망치려 했다.

하지만 움직일 수가 없었다.

뭔가가 단단히 그녀를 휘어잡고 있었던 것이다.

도저히 저항할 수 없는 단단한 억제력에 옴짝달싹할 수가 없었다.

'왜 깨지 않는 거야? 디멘션 하트를 파괴해서? 설마 형벌이라도 받는 건가?'

미쳐 버릴 것 같다.

극도의 스트레스와 공포가 이엘린을 괴롭히고 있었다.

이대로라면 정신이 붕괴하는 것은 시간문제에 불과했다.

그런데 그때.

-이엘린, 정신이 든 모양이지?

남자의 목소리가 머릿속을 파고들었다.

사방으로 포격이 떨어지는 와중에도 요정은 정확하게 그것을 알아들었다.

'사일런스 메시지!'

적어도 한쪽은 시선을 보내고 있어야만 시행할 수 있는

마법이었다.

그 말인즉, 이 꿈속에서 누군가 자신을 바라보고 있다는 뜻이었다.

'어, 어디? 어디지? 지금 어디 있는 거야!'

이엘린은 시선의 주인을 찾기 위해 열심히 눈을 돌렸다.

그러다가 머리 위에 있는 그림자 하나를 발견했다.

바로 최원호.

하얗게 질린 이엘린의 입술 사이로 목소리가 격렬하게 터져 나왔다.

"사, 살려 주세요! 살려 줘요! 제발……!"

그러나 그는 대답하지 않고 고개를 돌렸다.

무자비하게 대지를 후려치고 있는 이 폭격의 소란 탓에 목소리가 제대로 전달되지 않는 것이다.

'나도, 나도! 사일런스 메시지를 사용해야 돼!'

이엘린은 허둥거리며 마력을 끌어 올리려다가 퍼뜩 깨달았다.

그런 고급 통신 마법은 게이트 몬스터인 자신에게 허락되지 않았음을.

술식을 전개해도 의미가 없었다.

'아아…….'

하지만 바로 그 순간.

[알림 : 소속 차원이 지구-1 '순수 인간계'로 변경됩니다.]

[알림 : 정지되어 있던 '자격'이 회복되었습니다.]

[안내 : 지금부터 시스템을 사용할 수 있습니다.]

눈앞으로 떠오르는 일련의 메시지들에 왕녀는 두 손으로 입을 틀어막았다.

"세……상에! 세상에……!"

익숙한 고양감이 온몸에 차오르고 있었다.

힘이라는 말로는 표현이 부족하다.

이것은 일종의 자유다.

통제의 권리이자, 주인으로서의 자각.

……그리고 외부 세계와의 완벽한 구분감.

"드디어 돌아왔어……!"

환희에 찬 이엘린이 최원호에게 사일런스 메시지를 와르르 쏟아 냈다.

–됐어요! 수호자의 격을 찾았어요! 내가 나로 돌아왔다고요!

그런데 상대에게는 대답이 없었다.

최원호는 아무런 말도 하지 않고 오로지 정면만 바라보고 있었다.

비로소 이것이 꿈이 아니라는 것을 깨달은 이엘린은 주변을 둘러보았다.

그리고 마른침을 꿀꺽 삼켰다.

"이런⋯⋯."

어느새 폭격은 그쳤지만 사방은 아수라장이 되어 있었다.

악마궁의 일부가 폭삭 주저앉았음은 물론이고, 시베리아의 얼어붙은 땅거죽마저도 모조리 까뒤집힌 상태였다.

그리고 빙벽처럼 보이던 디멘션 하트들은 전부 파괴되어 가루가 되었다.

말 그대로 초토화된 현장.

'내가 쓰러진 사이에 무슨 일이 벌어진 거지?'

아니, 대체 누가 이런 어마어마한 위력을 발휘했단 말인가?

최원호가 입을 연 것은 그때였다.

"빌어먹을 레벨 제한⋯⋯. 디멘션 하트를 전부 먹어치우면 뭐 해? 리미트에 걸렸는데."

쿨럭!

"⋯⋯!"

이엘린은 깜짝 놀라서 몸을 일으켰다.

그의 입술 사이에서 토혈이 쏟아져 나왔기 때문이다.

삽시간에 주변이 전부 붉게 물들 만큼 심각한 피 분수였다.

"마, 마스터!"

이엘린은 최원호에게 손을 얹고 회복 마법을 최대한으로 밀어 넣기 시작했다.

그 과정에서 최원호의 몸 상태가 생각보다 더 나쁘다는 것을 깨달았다.

특히 목 언저리에 깊게 파고든 일격이 심각했다.

'방어구가 보호하지 않았다면 과다출혈로 벌써 사망했을 치명상.'

아니, 당장 숨이 끊어져도 이상하지 않을 것이다.

그만큼 심각한 상태였던 것이다.

"마스터, 무슨 일이 있었던 거죠?"

"……하이 리스크, ×킹 리턴."

"예?"

다시 피를 왈칵 토해 낸 최원호가 쓴웃음을 지으며 눈을 감았다.

그것은 이엘린이 깨어나기 약 3분 전에 벌어진 사건이었다.

'유령 흑사자의 송곳니.'

여타 권능들과는 결이 많이 다른 권능이었다.

나에게 괴력을 안겨 주는 것도 아니며, 신체를 변화시키지도 않는다.

단지 목표를 때려 부술 뿐.

'지구의 물건에 비유하자면, 미사일들을 소환하는 권능이라고 할까.'

하늘로부터 강력한 포격을 불러내서 그대로 지표면에다 쑤셔 박는다.

즉, 체술이 아니라 마법적인 공격 기술에 가까웠다.

실은 나로서도 레벨 150은 되어야만 시도할 수 있는, 대규모의 범위 타격 기술이었다.

세비지 에너지의 소모치가 너무나 크기 때문이었다.

'하지만 수백 수천 개의 디멘션 하트가 쌓여 있는 이곳이라면?'

좁은 범위에나마 시도해 볼 수 있으리라고 생각했다.

디멘션 하트를 파괴하는 것은 게이트의 근원을 공격하는 것이고, 헌터에게 상당한 경험치를 안겨 주는 '사냥의 업적'으로 간주된다.

산더미처럼 쌓여 있는 이 디멘션 하트들은 나에게 경험치 덩어리나 다름없었다.

그러니 이런 구상을 해 볼 수도 있었다.

'이 경험치를 전부 집어삼키면서 세비지 에너지의 소모치를 충당하자. 그러면 잠깐이나마 유령 흑사자의 송곳니를 사용할 수 있어.'

레벨 업이 이루어질 때에 유도되는 자연 회복을 포션으로 삼겠다는 계획.

나는 야심차게 권능을 전개했다.
하지만 백작은 만만하지 않았다.

[권능 : '유령 흑사자의 송곳니'.]

세비지 에너지가 단숨에 빨려 나가면서 포격이 시작된 순
간.

〈영악하구려! 찢어 죽이고 싶도록 영리해! 크헐헐헐헐헐!〉

"……!"
놈은 내 노림수를 모두 간파했다는 듯, 자신의 존재감을
일으켰다.
모든 공간으로 숨결이 확장되고 있었다.
마치 이 악마궁 전체가 백작이 되어 버린 듯했다.
산불과도 같은 거대한 그림자의 눈이 나를 짓눌러 으깨는
것처럼 오시하고 있었다.
'이 기술은……?'
모처럼 만난 강적의 존재감은 서늘한 긴장감과 묘한 희열
을 함께 불러일으키는 것이었으니.
'쉽지 않겠는데.'
그리고 다음 순간.

빙벽에서 소리 없는 균열이 시작되었다.

사방에서 백작의 고함이 몰아쳤다.

〈죽어라아아아아앗!〉

팟─!

산산이 분해된 디멘션 하트들.

방금까지 하나의 빙벽을 이루고 있던 보석들이었지만, 그 단일적 형체는 순식간에 증발되었다.

마치 단단한 벽을 구성하고 있던 벽돌들이 일제히 흩어져 새로운 무기로 거듭난 것처럼 보인다.

피슈슈슈슈슛!

디멘션 하트들은 나를 향해 휘몰아쳤다.

'이걸 무기로 쓸 생각을 하다니.'

예리하게 세공된 보석들은 강도가 그리 좋지 않았다.

하지만 힘을 머금었다면 이야기가 달라진다.

순수 마력을 품은 결정체의 폭풍.

마법 방어막 따위로는 도저히 막아 세울 수 없을 만큼 무지막지한 폭력이 시작되었다.

"이판사판이군."

나는 어금니를 꾹 깨물었다.

동시에 유령 흑사자의 송곳니를 최대한으로 전개했다.

아니, 현재 허락된 한계점을 넘어서.

지금의 내가 가지고 있는 모든 것을 불태워 버릴 작정으로…….

　[경고 : 한계점입니다!]
　[경고 : 한계점입니다!]
　[경고 : 한계점입니다!]

마력이든 뭐든 에너지의 종류를 가리지 않고 모조리 쏟아붓는다!

만천화우(滿天花雨)가 시작되었다.

콰가가가가가가가가!

피피피피피핏-!

하늘과 대지를 뒤덮는 치명적인 폭죽의 향연.

두 가지의 폭격이 한 우리에서 만난 맹수들처럼 대결하며 서로를 물어뜯었다.

나는 온몸을 두들기는 공격에 피를 토해 내면서도 유령흑사자의 송곳니를 전개하는 것에 집중했다.

한 발자국이라도 물러설 수 없었다.

이건 백작과 나, 둘 중 하나는 완전히 고갈되어야만 끝나는 난타전이었다.

[알림 : '산 포식자 킹웜의 둥지'의 디멘션 하트를 파괴했습니다!]

　　[알림 : 레벨이 올랐습니다!]

　　[알림 : '맹독성 거미 여왕의 동굴'의 디멘션 하트를 파괴했습니다!]

　　[알림 : 레벨이 올랐습니다!]

　　[알림 : '회색 오크의 전진 요새'의 디멘션 하트를 파괴했습니다!]

　　[알림 : 레벨이 올랐습니다!]

　　[……]

　　[……]

　　몰아치는 디멘션 하트들을 부수고, 경험치를 얻어 레벨 업을 반복하면서도 내 몸의 상처는 끊임없이 늘어나고 있었다.

　　그렇게 어지럽게 이어지던 메시지들의 끝에서…….

　　[정보 : 현재 차원에 정해진 레벨 제한에 도달했습니다.]

　　[안내 : 레벨이 더 이상 오르지 않습니다!]

　　[알림 : 경험치가 적체됩니다. 제한이 해제된 뒤에 반영됩니다.]

　　나는 마침내 레벨 100에 도달했다.

이른바 만렙.

디멘션 하트를 파괴한 보상 경험치는 계속해서 들어오고 있었지만 레벨 제한에 걸려 적용되지 않는다.

"으, 으아아, 으아아아아!"

등 뒤에 누워 있던 이엘린 왕녀가 움찔거리기 시작한 것은 바로 그때였다.

미친 듯이 터지는 폭음과 진동으로 정신이 하나도 없는 표정이었다.

나는 잠시 그녀에게 시선을 보내며 메시지 마법을 사용했다.

-이엘린, 정신이 든 모양이지?

그러자 잠시 허둥거리던 요정도 이내 사일런스 메시지로 응답해 왔다.

-됐어요! 수호자의 격을 찾았어요! 내가 나로 돌아왔다고요!

'그래, 성공한 모양이군.'

한데 '내가 나로 돌아왔다'는 그 말은 어딘가 익숙했다.

예전에 들어 본 말이었다.

누구더라? 모르겠다.

생각하기에는 피를 너무 많이 흘렸다.

"……."

나는 몸에서 물을 전부 뽑아내는 듯한 탈력감을 느끼며 폭격을 마무리했다.

목구멍 깊은 곳에서 울컥 피가 쏟아져 나왔다.

무어라 소리를 쳐대며 이엘린이 내 등에다 손을 얹는 것이 느껴졌다.

"빌어먹을 레벨 제한……."

나도 모르게 뭔가 더 중얼거린 것 같은데, 의식이 뿌옇게 흐려지기 시작했다.

하지만 동시에 선명하게 떠오르는 생각도 한 가지 있었으니.

'백작과 나, 누가 승리자일까?'

나는 이곳의 차원 통로를 구성하고 있던 디멘션 하트를 전부 파괴하고, 순식간에 레벨 100을 달성했다.

다시 차원 통로를 만들려면 아마 고생깨나 해야 할 것이다.

'어딘가 또 다른 차원 통로가 있는 게 아니라면 말이야.'

하지만 이겼다는 생각은 좀처럼 들지 않았다.

신인류 놈들이 이야기하는 차원 전쟁이란, 결국 필연적으로 일어날 수밖에 없는 사건이 아닐까?

나 또한 부모님과 영하 누나를 찾으려면 타계로 넘어가야 했다.

언젠가 다른 차원과 연결되는 것은 불가피한 일이었다.

'그럼 그 차원의 거주자들과 마찰을 빚을 수밖에 없겠지.'

그러나 다른 방법이 없었다.

원하는 것을 얻으려면 위험을 감수해야 한다…….

"하이 리스크, ×킹 리턴."

나는 멍하니 생각했다.

'존 메이든과 맞대결을 하겠다고 남은 올노운은 어떻게 됐을까? 이제 어떻게 빠져나가지? 여기서 얼어 죽으면 내가 진 건데…….'

쏟아지는 졸음에 눈을 감을 수밖에 없었다.

……그리고 다시 눈을 떴을 때.

"환자분? 제 손가락 보이시죠? 몇 개지요?"

윤희원이 내 얼굴을 빤히 바라보고 있었다.

어떻게 된 일인지 한국으로 돌아온 것이다.

❦

백십자 클랜이 운영하는 여의도 병원의 로비.

기자회견이 진행되고 있었다.

"설명이 부족합니다! 석형우 팀장님!"

"윤동식 마스터? 좀 더 자세히 말씀해 주시죠."

"국민의 알 권리를 위해 상세한 자료 공개를 부탁드립니다!"

쉴 새 없이 쏟아지는 카메라 플래시들.

단상에 선 석형우와 윤동식은 애써 웃음을 짓고 있었다.

물론 누가 보더라도 억지로 웃는다는 것이 느껴지는 쓴웃음이었다.

"예, 저희 브리핑이 부족하다는 것은 인정하겠습니다. 하지만, 에…… 저희 클로저스 클랜은 우리 국민의 안전과 대한민국의 게이트 안보를 위해 최선을 다하고 있으며, 관련 법령에 따라 공략 결과 자료를…….."

석형우는 '지금 자세히 밝히는 것은 곤란함'을 완곡하게 돌려 말했다.

그러나 후배 기자들은 가차 없이 덤벼들었다.

"하나 마나 한 이야기 아닙니까!"

"궁색한 변명 대신 확실한 정보를 국민들께 제공하셔야지요!"

"백수현 헌터의 직접 브리핑을 요구합니다!"

"하, 이 새끼들이 정말…….."

"예? 방금 뭐라고 중얼거리셨습니까?"

"아뇨? 제가 뭘 중얼거렸나요? 아무런 말도 안 했습니다. 하하하."

'백수현'이 러시아에서 한국으로 돌아온 지 단 하루가 흘렀을 뿐이다.

그런데 어떻게 냄새를 맡았는지 기자들은 여의도 병원으로 몰려들었다.

'젠장, 전혀 양보가 없구먼. 아주 제대로 걸렸어…….'

이미 최원호가 러시아로 출국한다는 것이 알려졌을 때부터 엄청난 적개심을 드러낸 언론이었다.

그가 심각한 부상을 입고 돌아왔다는 정보가 알려지자, 기자들은 피 냄새를 맡은 피라냐 떼처럼 물어뜯기 시작했다.

언론 대응을 담당하고 있는 석형우로서는 결단을 내려야 할 순간이었다.

'일단 줄 건 주자. 싸움은 그 뒤에 시작해도 늦지 않아.'

석형우는 옆에 서 있는 윤동식을 향해 살짝 고개를 끄덕였다.

그러자 백십자 클랜의 마스터가 침착한 목소리로 브리핑을 시작했다.

"알려진 대로, 백수현 마스터는 현재 직접 브리핑을 할 수 있는 상황이 아닙니다. 러시아에서 상당히 큰 부상을 입고 귀국했고, 당분간 치료와 요양이 필요합니다. 심각한 수준의 복합 골절과 관통상들이……."

소문으로만 돌던 최원호의 상태가 공식적으로 확인된 순간.

인터넷에서는 기다렸다는 듯이 보도 기사들이 업로드되었다.

[뉴스 오브 헌터] 클로저스 백수현 헌터, 러시아 원정 공략에서 심각한 부상 입고 귀국한 것으로 알려져.

[데일리 게이트] 前 특무조장 백수현의 원정 공략 논란… 전투력 손실에 대한 책임은?

[영웅일보] 차원통제청장, "외국에서 다친 헌터에게 국민 혈세 지원은 비상식적… 치료비 전액 부담토록 조치할 것"

[게이트 저널] 〈여선영이 묻는다〉 도대체 백수현은 왜 러시아로 갔나? 뭘 얻기 위해서? '러시아 귀화설'의 진위는?

[마이 히어로] 퀀쿼러스 연합, "게이트 안보에 공백 없도록 최선을 다할 것. 국민들은 안심해도 좋다!"

모든 언론들이 일심동체가 되어 최원호와 클로저스를 질타하기 시작했다.

석형우는 스마트폰을 켜지 않고도 그 헤드라인들을 떠올릴 수 있을 듯했다.

'마스터를 천하의 죽일 놈으로 깔아뭉개고 있겠지.'

사실이었다.

언론 보도에 따르자면 최원호는 다시없을 매국노이자, 무능력한 민폐 헌터가 된 지 오래.

'여론전의 전략을 새로 수립해야겠군.'

석형우는 상황에 대한 책임을 느끼며 한숨을 내쉴 수밖에 없었다.

조만간 자신의 걱정들이 모조리 무의미해지리라는 것은 꿈에도 모른 채, 그는 후배 기자들과 말싸움에 몰두했다.

나는 병상에 누운 채로 곤란을 겪고 있었다.

날 둘러싼 여자들이 너무 시끄러웠기 때문이다.

"자, 오른손에 마력을 살짝 올려 볼까요? 네, 좋네요. 그럼 왼손으로 방출해 보세요."

"……나 괜찮은데."

"잔말 마시고 병원에서는 의사 말 들어요. 좋아요. 오른쪽 발가락 꼼질꼼질? 왼쪽도 해 보시고……. 아, 다 좋네요. 다행이에요."

일단 의사로서 내 상태를 체크하고 있는 윤희원까지는 그렇다 치겠는데.

"오빠, 죽을 뻔한 거 알아?"

"그게 아니라 거의 죽었었대. 심폐소생술만 안 했다 뿐이지, 황천길에 한 발자국 올렸다가 간신히 돌아온 거라고!"

"봄 언니 말 들었지? 또 기일을 정할 뻔했다니까?"

"이제 다시 나타나면 무조건 유령 취급이야! 살아 돌아왔다고 주장해도 무조건 퇴마할 거다!"

만담을 주고받고 있는 여동생과 춘향 선배는 너무 시끄러웠다.

그리고 마지막으로 어딘지 위험한 분위기의 두 사람.

"귀가 참 뾰족하네."

"그, 그런가요……?"

시끄럽지는 않았지만 엄청나게 신경 쓰인다.

이엘린에게 서슬 퍼런 눈빛을 보내고 있는 작은 체구의 여자는 바로 내가 찾던 그 녀석이었다.

나는 그녀를 향해 가만히 입을 열었다.

"장세현."

"……지금은 말하지 마요. 빈사 상태의 오빠랑 대화하고 싶지 않으니까."

"그래……. 아무튼 네가 도와준 거지?"

"글쎄요?"

"고맙다."

"대체 뭐가 고맙단 건지 모르겠네."

틱틱거리는 녀석은 예전과 전혀 달라지지 않았다.

본인은 달라지고 싶어서 노력한 것 같은데, 내가 보기에는 그대로였다.

4년 전, 나와 준백이 사이에서 갈팡질팡하던 그때와 똑같았다.

"나중에, 나중에 다시 올게요."

믿기지 않는다는 표정으로 나를 바라보던 장세현이 몸을 휙 돌린다.

난 고개를 끄덕였다.

"그래, 자세한 이야기는 그때 하자."

"네."

몸을 돌린 녀석은 잠시 신우와 눈짓을 주고받더니 병실을 떠났다.

가장 어린 소녀가 들이닥친 것은 바로 그때였다.

"어, 어떻게 된 건가요? 저희 아빠는요?"

"……."

한겨울.

한때 '올노운'이라고 불렸던 헌터의 딸.

나는 아버지를 찾아온 그녀에게 해 줄 말이 없었다.

대신 이엘린과 한겨울만 남기고 모두를 내보냈다.

내가 가만히 눈짓하자 요정이 머뭇거리며 입을 열었다.

"죄송해요. 그분의 흔적은…… 찾을 수가 없었어요."

만렙 뉴비

내가 유령 흑사자의 송곳니를 이용해서 악마궁을 초토화하고 차원 통로를 파괴한 직후.

이엘린은 '수호자', 그러니까 헌터로서의 격을 되찾기에 성공했다.

이러한 자격의 회복은 요정 왕녀에게 걸려 있던 금제를 전부 깨트리는 것이었다.

"정말 천만다행이었죠. 덕분에 회복 마법이 순조롭게 작동했으니까요. 만약 격을 회복하지 못했다면……."

내 눈을 바라보던 이엘린이 가만히 한숨을 내쉬었다.

"전 제 몫을 하지 못했을 거예요. 그 '구조대'가 올 때까지 버티는 것도 어려웠겠죠."

구조대라…….

아마 그들 자신에게도 낯선 역할이었을 것이다.

시베리아 벌판 가장 깊숙한 곳에 나타난 헌터들은 바로 '여섯 형제단'이었다.

우리가 악마궁에 접근하고 있을 때 느꼈던 그 시선들.

'그게 테러리스트들이었어.'

그리고 나와 이엘린을 구해 냈다고 한다.

가만히 생각하면 참으로 웃기는 일이었다.

'나를 불구대천의 원수로 생각하면서 추적하고 있었을 텐데, 갑자기 총수가 마음을 바꿔서 구해 오라고 했으니.'

모르긴 해도 형제단 내부에서 상당한 반발이 있지 않았을까?

하지만 장세현에게는 그림자를 통해 전혀 다른 장소에 현현하는 능력이 있었고.

심지어 시베리아에 직접 존재감을 드러내며 수하들을 통솔했다.

이 또한 아이러니한 일이었다.

'내가 귀찮게 여기던 그 능력 덕분에 오히려 내가 살았네.'

인생사란 원래 새옹지마다.

아무튼 설원 한복판에서 내가 안전해지자, 이엘린은 악마궁 근처를 돌아보며 한성우의 흔적을 찾으려 했다.

잠시 동행하긴 했어도 내 일행이자 팀원이라는 것을 알고 있었으니 그건 아주 당연한 조치였다.

"……카르테시오라의 악마궁 근처에서는 요격 기능이 작동하고 있었어요. 한성우 수호자도 완벽하게 회피하지 못했을 만큼 강력한 요격이었죠."

'그래, 그랬었지.'

존 메이든과 짧게나마 1차전을 벌였던 한성우는 마지막에 악마궁의 요격을 허용하고 어깨에 부상을 입었다.

그렇기에 생존 가능성은 더욱 낮아진 상황.

"……."

한겨울의 눈빛이 깊게 가라앉았다.

나를 바라보는 시선에 원망의 빛은 없었지만, 분명 음울한 감정이 흐르고 있었다.

그러나 이엘린은 한겨울에 긍정적인 가능성에 대해 이야기하려 노력했다.

"요격이 강력하다는 것은 적에게도 마찬가지였어요. 특히 그 직전에 한성우 수호자만큼이나 강력한 존재가 또 등장했기 때문에, 나무를 흔들지 않고도 열매를 거두게 될 수도 있었어요."

나무를 흔들지 않고도 열매를 거둔다.

아마 어부지리(漁父之利)를 요정의 방식으로 표현하는 말인 모양이다.

한겨울도 그것을 이해했는지 희미하게 고개를 끄덕였다.

"승산이 있다고 판단하셨다는 말인가요."

"네, 한성우 수호자가 뒤에 남겠다고 했을 때 마스터가 허락한 것도 그런 이유였고요."

무왕이 나타나서 존 메이든을 습격한 것은 완벽한 기회였다.

만약 두 사람이 같은 계파로서 손을 잡고 우릴 공격했다면 우린 한 발자국도 전진하지 못했을 것이다.

백작과 마찬가지로 레벨 100의 한계를 뛰어넘은 존 메이든과 그에 준하는 무왕이었으니.

'승리 가능성은 1할 이하.'

내가 만렙을 채운 지금은 또 조금 달라졌겠지만, 당시로서는 희박한 가능성에 불과했다.

다행스럽게도 존 메이든과 무왕이 맞대결을 벌이는 틈을 타서 우리는 마왕성으로 내뺄 수 있었다.

그리고 존 메이든이 무왕을 꺾고 다시 추격해 오더라도, 마왕성의 요격 지대를 건너와야 할 테니 한성우에게 승산이 있다고 판단했다.

분명 그랬는데.

"……두 사람이 격돌한 흔적 자체가 없었어요."

여섯 형제단의 도움으로 내가 안전해지고 난 뒤, 이엘린은 악마궁 근처를 모두 살펴보았다고 한다.

그런데 한성우와 존 메이든이 싸웠던 흔적을 조금도 찾지 못했던 것이다.

잠시 생각에 잠겼던 한겨울이 입을 열었다.

"그럼 존 메이든이 마왕성으로 접근했던 흔적은요? 혹시 발견했나요?"

이엘린은 머리를 가로저었다.

"달리 특별한 흔적이 없었어요."

"그쪽이 발견하지 못했을 가능성은?"

"……저희는 카이아도르 일족이에요. 여러분이 눈요정, 실버 엘프라고 부르는 종족이죠. 저희에게 설원은 고향과도 같아요."

"그러니까 사람의 발자국 정도는 당연히 읽어 낼 수 있다는 뜻인가요?"

"네, 장담할 수 있어요."

"그렇군요. 실례했습니다."

그리고 한겨울의 시선은 나에게 돌아왔다.

희미하게 떨리는 눈빛.

하지만 의외로 그녀의 목소리는 단호했다.

"백수현 마스터, 아버지는 죽지 않았어요."

"어째서 확신하죠?"

"저에게 계승이 일어나지 않았으니까요. 당연하잖아요?"

'……역시.'

나는 천천히 고개를 끄덕였다.

그러자 이엘린이 눈동자를 굴리며 내 눈치를 보기 시작했다.

"계승……? 그게 뭐죠? 지구의 인간들이 가진 고유 능력인가요?"

"고유 능력은 아니고…… 흠, 이걸 뭐라고 설명해야 하나."

내가 뺨을 긁적이자 한겨울이 간단히 말했다.

"하나의 디멘션 하트를 나누어 가진 헌터들이 일종의 유산(遺産)을 주고받는 거예요. 하나가 죽으면 다른 하나가 힘을 이어받을 수 있죠."

"네에? 힘을 이어받는다니요?"

"말 그대로 스탯, 특성, 스킬이 그대로 넘어와요. 헌터들 사이에도 게이트가 열리는 거죠."

"……!"

경험자이다 보니 설명이 무척이나 간결했다.

나 역시 결사단의 눈이었지만 계승 작업에 대해서는 그리 잘 알지 못했다.

한 적도 없고, 앞으로 할 계획도 없으니까.

"그렇군요. 계승이라니, 정말 대단한 기술이네요! 그래서 한성우 수호자가 죽지 않았다고 확신할 수 있는 거군요?"

"네, 저와 아버지는 계승 관계니까요. 만약 아버지가 돌아가셨다면 전 곧바로 알 수 있어요."

"흠, 그럼 어디론가 사라졌다는 건데, 대체 거기서 어디로 가셨을까요……?"

"……."

나도 아무런 말을 할 수가 없었다.

한성우가 살아 있을 것이라는 이야기를 들으니 한결 마음이 놓이는 느낌이었지만 그의 행방이 묘연하다는 점에서는 불안함을 느낄 수밖에 없었다.

'나에게는 존 메이든을 막거나 죽거나 둘 중 하나를 할 것처럼 이야기했었는데.'

갑자기 어디로 간 걸까.

그리고 또 하나.

'……존 메이든과 무왕은?'

우리에게 최고의 그림은 양패구상이었다.

존 메이든과 무왕이 함께 궤멸하고, 한성우와는 아예 부딪치지 않는 것이 가장 좋은 시나리오였다.

그런데 어떠한 흔적도 없었다?

'대체 어떻게 된 거지.'

다들 어디로 사라졌는지 짐작할 수 없는 상황.

나는 한겨울에게 결사단의 정보 조직을 이용해서 그들을 추적해 보자고 제안하려 했다.

필요하다면 장세현의 도움을 받아서 테러리스트들을 동

원할 수도 있을 것이다.

하지만 그때, 엉뚱한 곳에서 새로운 힌트가 나왔다.

"그럼 그 '존 메이든'이라는 수호자는 다른 수호자에게서 힘을 계승받은 상태인 거죠? 어쩐지 이해가 되지 않을 정도로 강하더라니……."

이엘린이 중얼거린 말이었다.

"존 메이든이……?"

"……계승을 받았다?"

어찌 보면 지구의 사정을 전혀 알지 못하는 입장이었기에 떠올릴 수 있는 이상한 생각이라고 치부할 수 있다.

하지만 예리한 데가 있었다.

적어도 나와 한겨울은 떠올리지 못한 맹점.

'확신할 수는 없지만, 정말로 존 메이든이 그런 수법을 쓴 거라면……!'

레벨 제한을 한참 뛰어넘은 듯한 무위도 충분히 이해가 되는 일이었다.

한겨울 역시 비슷한 생각을 했는지 눈빛이 급격하게 어두워졌다.

"누군지 아시죠? 존 메이든과 계승 관계를 맺고 있는 사람 말이에요."

"응."

나는 고개를 끄덕였다.

그것은 결사단의 여덟 번째 눈으로서 모를 수가 없는 내용이었다.

존 메이든은 결사단의 첫 번째 눈이자 세계 클랜 협의회의 수장이었고…….

그러한 특수성 덕분에 가장 특별한 계승자를 가지고 있었다.

'호주의 넌크리드.'

마드리드의 피자집에서 잠시 만났던 그 헌터.

세간에는 세븐스타즈의 일원이면서, 결사단의 다섯 번째 눈인 초대형 헌터와 계승 관계를 맺고 있었던 것이다.

그러므로 존 메이든의 '계승'은 넌크리드의 '죽음'을 뜻했다.

한겨울이 몸을 일으키며 말했다.

"제가 호주의 결사단원들에게 연락을 취해 볼게요. 넌크리드가 무사하다면 좋겠지만…… 만약 아니라면, 혹시라도 그가 실종된 상태라면……."

"우린 존 메이든이 계승 기술을 악용하는 것에 대비해야 하겠지."

솔직히 대비할 방법이 있을지 모르겠다.

아이러니하게도 이 세계에서 가장 강력한 헌터들과 그 계승자들부터 위험에 처하게 될 것이다.

놈은 산 채로 디멘션 하트를 뽑아내면서 그들의 힘을 사냥하려 들 테니까.

'일단 당장 한겨울부터 보호가 필요하겠어. 그래도 우리 클랜 하우스에다 두는 게 제일 낫겠지.'

최악의 상황을 상정한 나는 조용히 한숨을 삼켰다.

생각할수록 보통 일이 아니다.

만약 존 메이든이 거기서 더 강해진다면 나도 감당하기 힘들어진다.

십중팔구 패배하겠지.

'레벨 100을 뛰어넘어야 한다.'

그러므로 반드시 다음 단계인 2페이즈가 필요하다는 것이 내 결론이었다.

　

중국 지린성, 창춘시.

도시 깊숙한 곳에 숨겨진 지하실에서 참혹극이 벌어지고 있었다.

콰작!

머리통이 으스러지며 뇌수가 터져 나온다.

채 쓰러지지 않은 몸통에 일 권이 꽂히자 피육이 분해되며 공중에 흩날렸다.

그러고도 눈빛은 식지 않고 다음을 찾아 움직이고 있었다.

감히 감당할 수 없는 분노를 기어코 감당하게 되어 버린 추종자들은 두려움에 떨고 있었다.

"무, 무왕님! 제발 자비를!"

"한 번만 더 기회를 주시면 반드시……!"

"모두 닥쳐라!"

"……."

"……."

신인류의 아시아 지역 조직을 총괄하는 무왕.

그러나 지금 그는 자신의 수족과도 같은 부하들을 무자비하게 참살하는 중이었다.

사실 이들에게는 잘못이 없었다.

단지 화풀이 상대로 엉뚱하게 걸려 버렸을 뿐.

"너희는 대체 뭘 했느냐! 놈들이 작당을 하고 내 먹잇감을 먹어치우려 하는데! 그걸 손도 못 쓰고 내주었어?"

"죄송합니다……."

"이 병신 같은 놈들! 아무짝에도 쓸모없는 놈들 같으니라고!"

"……."

무왕은 최원호 일행을 직접 사냥하지 못한 것에 대해 분노를 토하고 있었다.

사실 따지고 보면 이건 스스로가 결자해지를 하지 못했기에 벌어진 일이었다.

애초에 한국에 직접 현현했다면 남 탓을 할 필요가 없었을 터.

그러나 지금 무왕은 이성을 잃은 상태였다.

"존 메이든……! 그놈이 내 자릴 차지하면 모두 끝이다! 너희도 전부 개밥이 되는 거라는 말이다!"

시베리아에서 맞붙었던 존 메이든의 무위를 실감하고 충격과 공포에 빠진 상황.

무왕은 그 이름에 걸맞지 않게, 압도적으로 제압당하고 말았다.

단 30초도 버티지 못하고 두 팔이 잘린 채 무릎을 꿇은 그를 내려다보며, 존 메이든은 이렇게 말했다.

－이사장이 그리 조심할 필요가 없다고 하던데. 그게 사실이었군. 한 번은 목숨을 살려 주겠다. 나에게 검을 겨누지 마라, 무왕.

'빌어먹을. 빌어먹을!'

팔은 어렵지 않게 회복했지만 처참하게 구겨진 자존심을 회복하기는 쉽지 않았다.

무슨 수를 써서든 격차를 뒤집어야 했다.

예정된 '차원 연결'이 다가오기 전에 어떻게든 새로운 힘을 확보해야만 했다.

하지만 시베리아에 구축하고 있던 '차원 통로'가 붕괴되며 타계에서 힘을 빌리기는 어려워졌다.

그렇다면.

'이렇게 된 이상 나도 이사장의 뒤통수를 때려야겠어. 그 놈이 줄을 대고 있는 정보의 일족! 그 괴물들에게 내가 손을 내미는 거야!'

최근 정보의 일족이 관심을 기울이고 있는 사안은 오직 하나.

'최원호.'

작금의 상황을 초래한 빵즈 놈!

무슨 수를 썼는지 시베리아에서 미꾸라지처럼 도망친 그 놈을 직접 포획해서 통째로 넘기겠다는 생각이었다.

그리고 이튿날, 관악산 어귀.

"그 빵즈만 빼고 전부 죽여서 없애버려!"

무왕은 클로저스의 클랜 하우스를 향해 자신의 광기를 드러내고 있었다.

타다다다닷!

한반도 전역에서 소집된 신인류 조직원들이 사방에서 몰려들고 있었다.

전원이 SSR급으로 강화된 헌터들.

'이건 올노운이 살아 있더라도 막을 수 없을 거다…….'

무왕은 이 사냥의 성공을 확신하며 입술을 말아 올렸다.

하지만 그것은 자만이자 오산이었음을 깨닫기까지는 그리 오랜 시간이 걸리지 않았다.

⌄

나는 곧바로 퇴원 수속을 밟았다.
병원에 갇혀 있을 이유가 없었다.

　[권능 : '수도자 도마뱀의 꼬리'.]

육체의 상처를 빠르게 회복하는 것이야말로 내가 가진 야성 특성의 특기이자 장기였으니…….
"아니, 어떻게 이렇게 빨리……?"
"원래 우리 민족이 '빨리빨리'의 민족 아닙니까."
"그럼 다른 환자들은 우리 민족이 아니라 다른 민족이란 말씀이신가요?"
"글쎄요. 배달의 민족이려나?"
"말장난 하지 마시고요! 이게 정말 가능한 일이에요? 분명히 오전만 해도 벌어져 있던 상처가 점심 먹고 오니까…… 그냥 사라졌잖아요?"
충격에 빠진 윤희원.
그녀는 환자 차트와 내 가슴팍을 번갈아 바라보며 눈을

부릅뜨고 있었다.

나는 시트를 살짝 당겨서 중요 부위를 가렸다.

"······너무 노골적으로 보시는 것 같은데."

"아니, 그게 아니고! 아니잖아요! 저 의사예요!"

"그러니까 완벽하게 회복되었다는 것도 잘 아시겠네요. 퇴원해도 되죠?"

그녀는 헛웃음을 지으며 고개를 끄덕였다.

하지만 그냥 나갈 수는 없었다.

"수현 군, 그거 아시는가? 김서옥 차원통제청장이 자네에게서 완전히 돌아섰다는 것 말이야. 우리 클랜에게 공문이 날아왔어. 자네에게 의료비 지원을 하지 않을 거라고."

썩 유쾌하지 않은 얼굴의 윤동식 마스터.

윤희원과 이엘린을 잠시 바깥으로 내보낸 뒤, 그는 나에게 조곤조곤 한국의 상황을 설명해 주었다.

"지금 바깥은 전부 자네의 적일세. 퀸퀴러스 연합은 클로저스를 완전히 찍어 내고 무진 그룹의 자리를 나눠 먹을 속셈이야. 이미 그렇게 되어 가고 있고!"

"그렇습니까."

"난 자네가 야심만만하고 현명한 헌터라고 생각해 왔네. 그런데 요 근래 하는 것을 보면 불안하기 짝이 없어. 왜 그리 무모하게 적을 만드는 겐가? 뒷감당을 어떻게 하려고?"

"뒷감당······."

"저 대단한 올노운도 한 순간에 비명횡사했다는 것을 기억하게. 그만큼 이 바닥은 위험해. 적을 만들지 마! 지금이라도 퀸쿼러스와 관계를 회복할 방법을 생각하게. 그게 내 조언이야!"

일리가 있는 말이다.

나는 고개를 끄덕였다.

"조언 감사합니다, 윤동식 마스터."

하지만 분명하게 해 두어야 한다.

"유감스럽지만 제가 퀸쿼러스와 관계를 회복할 일은 없습니다. 김서옥 청장과는 더더욱 그럴 겁니다."

"응? 뭐라고? 아니, 어째서? 내 조언을 듣고도 모르겠나?"

"압니다. 하지만 그보다 더 중요한 게 있을 땐 어쩔 수 없지요."

"……더 중요한 것? 자네와 자네의 가족, 클랜원들의 생존보다 중요한 게 있어?"

나는 말없이 병상에서 몸을 일으켰다.

그리고 병실 한구석을 향해 손을 뻗었다.

[권능 : '암살자 원숭이의 보이지 않는 손'.]

손끝에 응축되어 있던 세비지 에너지가 허공에 전사되며

한 지점에서 모였다.

응축점을 짓뭉개듯이 압축되는 힘.

나는 그대로 손목을 돌렸다.

"……!"

놈은 소리도 지르지 못하고 목이 꺾였다.

방금까지는 전혀 보이지 않던 남자 하나가 벽에서 떨어지더니 털썩 쓰러진 순간이었다.

내가 뭘 하는 건가 지켜보고 있던 윤동식 마스터는 대단히 당혹스러워했다.

"뭐, 뭐야? 자객인가? VIP 병동에 어떻게?"

"아까 윤동식 마스터가 들어올 때 같이 들어온 놈입니다. 자객은 아니고, 아마 정보원이었던 것 같네요. 신인류의 '이사장'이 보낸 사람인 듯합니다."

"이사장……? 그 간부는 미국 쪽에서 활동한다고 하지 않았었나?"

"상황이 바뀌었습니다."

나는 최대한 간략하게 설명했다.

차원 역류를 이용하여 '신세계'를 이룩하려는 신인류.

차원 간의 연결과 전쟁이 발발할 가능성.

그 과정에서 인류가 세 가지로 구분되리라는 것까지.

모든 것을 다 털어놓을 수는 없었기에 듬성듬성한 부분이 있었지만, 윤동식은 용케 알아듣고 혀를 내둘렀다.

"허, 전체주의란 말인가? 역사는 반복된다더니, 100년 전에 나치 독일이나 일제가 하던 짓이 어찌 또다시…….."

결국 막을 수 없는 물결일지도 모른다.

존 메이든이 세계 클랜 협의회를 움직이고 있고, 놈은 신인류의 방식이 옳다고 결정했으니까.

김서옥과 차원통제청이 퀸쿼러스 연합을 지지하는 것에도 존 메이든의 입김이 작용하고 있을 가능성이 컸다.

'지금은 기억하지 못하지만, 김서옥 청장은 한때 결사단원으로서 존 메이든과 함께 움직이던 사람이니까.'

어찌 보면 자연스러운 입장 정리였다.

나는 옷가지를 챙기며 윤동식에게 조언해 주었다.

"저는 이 바닥이 위험하지만 해야 할 일을 하고 있습니다. 그러니까 마스터도 기억해 주십시오. 언젠가 선택의 순간이 올지도 모른다는 것을 말입니다."

"선택? 내가 무슨 선택을……?"

"신인류가 될지 구인류가 될지, 또는 퀸쿼러스가 될지 클로저스가 될지……. 차원 전쟁이 시작되면 어떻게든 양자택일을 해야 할 겁니다."

"……양자택일."

"선택은 자유입니다. 마스터와 마스터의 가족, 클랜원들의 생존보다 중요한 건 없을 테니까요."

이만하면 아까 그 조언들은 다 돌려준 것 같네.

무슨 귀신이라도 본 것처럼 황망한 표정의 윤동식.

그는 뭔가 말을 하려다가 그만두었고 나는 몸을 일으켰다.

"치료비는 제 비서가 전부 지불했다고 들었습니다. 그럼 다음에 뵙겠습니다, 윤동식 마스터."

나는 이엘린에게 적당히 큼직한 로브 같은 것을 씌워 귀를 가리도록 했다.

아직은 내가 완벽한 익명의 안경을 써야만 했다.

그리고 병원 밖으로 나선 순간.

"백수현 씨! 러시아 정부와 비밀 거래를 했다던데, 사실입니까!"

"러시아 국적으로 귀화하신다는 소문이 있는데요! 어떻게 생각하십니까!"

"여기서 한 말씀만 해 주시죠!"

기자들이 하이에나들처럼 와르르 달려들었다.

백십자 클랜원들이 바리케이드를 만들고 있는 상태라서 나에게 가까이 접근할 수는 없었다.

하지만 내게 소음 공해를 안겨 주는 것이라면 충분한 성공을 거두었다.

"매국 헌터! 물러가라!"

"클로저스! 해체하라!"

"백수현은! 각성하라!"

"……."

몰려든 시위대의 함정까지 함께 어우러지자, 정말로 '백수현'이라는 이름의 민족 반역자가 등장한 것 같은 느낌이었다.

"무, 무서워요!"

"괜찮아."

나는 이엘린의 옷매무새가 망가지지 않도록 주의를 기울였다.

인파를 헤치며 나에게 허둥지둥 다가오는 채윤기와 석형우.

"신경 쓰지 마. 바로 차로 가자."

"퀸퀴러스 놈들이 여론전에 심혈을 기울이고 있어서 이 지경이 됐습니다. 우리도 곧 반격할 겁니다."

하지만 나는 고개를 저었다.

"신경을 안 쓰고 싶어도 안 쓰기가 힘들고, 당장 반격할 수 있는데 굳이 왜?"

"……예?"

"뭘 어쩌려고?"

어쩌긴. 몇 번 봤으면서.

나는 곧바로 힘을 끌어 올렸다.

만렙을 찍고 돌아올 수 없는 강을 목전에 둔 마당인데, 굳이 힘을 숨기고 멍청이 노릇을 할 필요는 없다는 것이 내 생각이었다.

나는 꿈틀거리는 힘을 장내에다 풀어놓았다.

[권능 : '늙은 산군의 기백'.]

단순한 파장의 형태가 아니었다.

녀석은 내 무릎 부근에서 서서히 몸을 일으키더니 곧 나와 어깨를 나란히 했다.

숨이 막힐 정도로 거대한 대호(大虎)의 기백.

녀석은 사람들을 느긋하게 훑어보았다.

그르르르르…….

가벼운 하울링이었다.

그러나 이곳의 모두가 분명하게 실감했을 것이다.

여기에 맹수가 송곳니를 드러내고 있음을.

기자들 사이에 몇몇 섞여 있는 헌터들 따위는 단숨에 찢어발길 수 있는 괴물이 눈앞에 현현해 있다는 것을.

"……미, 미친!"

"지, 지, 지금 테임드 애니멀을 꺼냈어……?"

피식자로서 느끼는 본능적인 공포를 통해 확실하게 절감

할 수밖에 없었던 것이다.

단언하건대 이중에서 나와 눈을 마주칠 수 있는 인간은 단 한 명도 없었다.

하지만 누군가 한 사람이 소리를 지르는 것에 성공하긴 했다.

"헌터법 위반입니다! 힘을 사용하지 마십시오! 백수현 헌터!"

……차원 관문 및 각성자 관리에 관한 특별법.

이 법령에 의하면, 모든 마력 각성자는 게이트가 아닌 곳에서 마력이나 그에 준하는 힘을 사용해서는 안 된다.

특히 다른 사람을 위협하거나 공격하는 경우에는 차원통제청 긴급안전국 요원들에게 즉결 처분을 당할 수도 있다.

하지만 나는 픽 웃었다.

"내가 뭘 어쨌다고? 누가 다치기라도 했나?"

나는 아무것도 하지 않았다.

그저 힘을 존재한다는 사실을 조금 보여 주었을 뿐이다.

만약 내 기세에 눌려 옴짝달싹하지 못하게 된 인간이 있다면, 그만큼 놈이 날 적대하고 있다는 뜻일 터.

실제로 내 편에 선 이엘린, 석형우, 채윤기는 살짝 당황한 기색이었지만 아무렇지도 않은 얼굴이었다.

"그, 그렇지만! 우리 기자들의 질문에는 제대로 대답도 하지 않았잖습니까!"

"이렇게 위압감을 주면서 공포 분위기를 조성하는 것도 국민의 알 권리를 무시하는 처사입니다!"

"맞습니다! 국내 사정은 등한시하고 러시아부터 달려간 것에 대해서 해명하셔야지요!"

"……."

놀랍게도 한 놈이 주둥이를 나불거리기 시작하자 몇 놈이 더 떠들었다.

내 눈은 제대로 쳐다보지도 못하면서 '국민의 알 권리'를 운운하며 해명을 요구하는 것.

'뭔가 각본의 냄새가 나네. 퀸쿼러스에서 미리 작전을 짜 놓고 온 것 같은데?'

나는 손가락을 가볍게 흔들었다.

그러자 대호의 존재감이 한 발 앞으로 척 나섰다.

사실 물리적인 실체는 없는 것이나 마찬가지인 기세.

하지만 기자들은 식겁하며 우르르 물러났다.

"배, 백수현 헌터!"

"정말 이럴 겁니까?"

"당장 차원통제청에 신고하겠습니다!"

놈들은 고함쳤지만 나는 아랑곳하지 않고 산군의 기백을 앞장세웠다.

비각성자를 상대로 무력시위를 하는 것 같은 모양새였지만, 나도 마냥 참아 줄 생각이 없었다.

그런데 바로 그때.

"……주목!"

병원 로비에서 중년의 남헌터 한 사람이 꽤나 피로한 표정으로 걸어 나오고 있었다.

하지만 그 목소리는 묵직하게 내리꽂혔다.

"지금부터 긴급 작전을 실시하겠습니다. 장내에 계신 여러분은 모두 제 통제에 따라 주시기 바랍니다."

"……유 대변인님? 유광명 헌터님 아니십니까?"

"그런데 갑자기 무슨 작전을……?"

남자의 얼굴을 알아본 기자들이 당혹한 표정을 지으며 서로를 바라보았다.

그러나 유광명은 가차 없이 소리쳤다.

"이는 '신인류'를 찾아내기 위한 긴급 색출 작전입니다. 이 자리에 계신 여러분은 모두 '클로저스 연합'의 검문검색에 협조해 주십시오!"

"응? 클로저스 연합?"

이번에는 나도 당황했다.

내가 언제 연합을 만들었지?

그 순간 기자들과 시위대를 모두 합친 것보다 많은 숫자의 헌터들이 한꺼번에 쏟아져 들어왔다.

장내는 순식간에 아수라장이 되었다.

유광명은 나에게 저벅저벅 걸어와서 나를 향해 씩 웃음을 짓는 것이었다.

"만약 검문검색에 불응하는 경우에는 클로저스 연합이 강제력을 동원해도 좋다고 지시할 생각인데, 괜찮겠나?"

"……강제력이라면 이미 사용하고 있는 것 같습니다만."

헌터들은 당황한 표정의 기자들과 시위대를 향해서 성큼성큼 다가섰다.

"채혈하겠습니다. 거부할 수 있지만 즉시 여기서 떠나셔야 합니다."

"이, 이봐요! 언론의 취재 권리를 이렇게……!"

"게이트 안보 대책이 취재 권리에 우선하는 순간이라고 이해하십시오."

"뭐라고? 어디서 그런 망발을!"

"채혈 거부하는 인원들은 전부 퇴장시켜! 당장!"

항의하던 이들은 순식간에 밀려 나갔다.

몇몇이 나와 유광명에게 삿대질을 하며 달려들었지만 헌터들은 단호하게 어깨를 들이밀었다.

비로소 조용해진 장내.

나에게 다가온 유광명의 눈빛이 살짝 떨리고 있었다.

"지금 이 상황이 당황스럽겠지? 하지만 나도 꽤 당황스러워."

"뭐가 어떻게 된 겁니까? '클로저스 연합'은 또 뭐고요?"

"자세한 설명 전에 최대한 짧고 굵게 간추리자면……."

유광명은 살짝 심호흡을 하더니 대뜸 이렇게 말했다.

"세계가 반으로 갈라졌다."

"……예?"

갑자기?

보안을 위해 평범한 밴을 타고 관악산의 클랜 하우스로 돌아가는 길.

나는 유광명에게서 자세한 설명을 들었다.

"세계 클랜 협의회에서 미국 CBDC와 한국 차원통제청의 '일방 개입 안건'이 통과되었다. 사실 우리뿐만이 아니야. 유럽 연합의 5개국과 영국, 중국, 일본, 남아프리카 공화국, 오스트레일리아, 터키, 브라질과 아르헨티나까지……."

차창 바깥, 교통 체증으로 꽉 막힌 서울 시내를 바라보며 유광명은 한숨을 내쉬었다.

"모두 게이트 상황을 주도적으로 통제하고 있는 정부들이었는데, 전부 같은 내용의 공문이 전달되었다고 하더군. 현시간부로 미국과 CBDC가 세계 클랜 협의회를 통해서 게이트를 관리하겠다는 내용이었다."

"……!"

Central Bureau of Dimension Control.

즉, 미국의 차원관리국.

대한민국의 차원통제청이 한반도 내의 게이트만 관할하는 것과 같이, 당연히 미합중국 영토 안의 게이트에만 신경을 기울여야 하는 연방 정부 기관이었다.

그런데 하루아침에 세계 각국의 게이트에다 손을 대겠다고 선포한 것이다.

어처구니없는 일이다.

'뭐? 일방 개입?'

말이 좋아서 일방 개입이지, 이건 각국 정부에 선전 포고를 한 것이나 다름없었다.

다만 세계 클랜 협의회라는 중립 기관을 거쳤기에 그렇게 읽히지 않는 것.

"말이 안 됩니다. 그런 안건이 대체 어떻게 통과됐다는 말입니까? 다른 나라에서는 당연히 반발할 이야기잖습니까?"

"맞아. 하루아침에 게이트 주권을 잃은 거나 다름없는 일이지. 그런데…….."

"그런데요?"

잠시 침묵하던 유광명이 헛웃음을 지었다.

"당황스럽게도 우리 김서옥 청장님께선 잘됐다고 하시더군. 곧바로 사표 쓰고 CBDC의 아시아 관리부로 이직하겠다면서."

"뭐라고요? 허……."

나는 입을 쩍 벌렸다.

앞자리에서도 마찬가지였다.

"세, 세상에! 그게 정말입니까? 정말로 청장님이 그렇게 말씀하셨다고요?"

"이런 미친. 김 청장! 그렇게 안 봤는데! 완전 이완용이구먼!"

핸들을 쥐고 있던 채윤기와 조수석의 석형우도 엄청나게 당황한 표정이었다.

여기서 이야기를 알아듣지 못한 사람은 뒷자리의 이엘린뿐이었다.

나는 한숨을 내쉬었다.

"그래서 우리나라에서는 김서옥이 반대하지 않아서 그대로 진행되었다는 겁니까?"

"사실 청장님이 반대했더라도 CBDC와 세계 클랜 협의회를 이기진 못했을 거다. 지구에서 가장 강력한 인간의 도장이 찍혀서 왔으니."

나는 가만히 혀를 찼고, 유광명은 씁쓸한 웃음을 지었다.

"그래, '존 메이든'. 그가 승인한 일이다. 그러니 거부할 수 있을 리가 있나."

"그렇다면 퀸쿼러스 연합도 김서옥을 따라서 CBDC에 가담할 거고, 결국 모든 게이트 관리 권한을 미국에게 넘겨주는 순서가 되겠군요."

"맞아. 이제 올노운도 없는데 한국은 거부할 방법이 없지. 다시 20년 전의 약소국 신세로 돌아가는 수밖에……."

그 말은 올노운이 있었다면 거부권을 행사할 수도 있었다는 말처럼 들렸다.

"혹시 거부한 나라도 있습니까?"

"물론. 프랑스, 터키, 중국은 세계 클랜 협의회에서 탈퇴하는 초강수를 뒀다. 이 3개국과 밀접한 관련을 맺고 있는 주변국들도 같은 선택을 검토하고 있고. 아직 언론에 보도는 되지 않았지만 내일쯤 기사가 뜰 테지."

역시.

'나디아, 카라바크, 레이황의 결정이군.'

이들은 세븐스타즈이자 결사단의 '눈'이기도 했다.

그런데 존 메이든에게 반기를 들었다…….

"세계가 반으로 갈라졌다는 게, 그런 말이었군요."

"이해했나? 애석하게도 그렇게 된 일이야. 돌이킬 수 없는 전환점이 되겠지."

나는 천천히 고개를 끄덕였다.

세계가 반으로 갈라졌다.

그건 지나치게 많이 간추린 설명이었으나, 꽤나 정확한 표현이기도 했다.

존 메이든이 신인류를 택한 그 순간부터 예정되어 있던,

'결사단의 분열'이 시작된 것이다.

차원 전쟁을 준비하는 신인류에 가담하는 헌터들과 그렇지 않은 헌터들의 대립.

'미국은 당연히 존 메이든의 지배권 안에 있는 거고, 놈과 밀접한 김서옥이 관할하고 있는 한국도 마찬가지지.'

하지만 나디아의 프랑스, 카라바크의 터키, 레이황의 중국은 반대 노선을 택했다.

여기까지 2 대 3.

세븐스타즈는 7명이니 남은 것은 2명이다.

……호주의 넌크리드와 일본의 텐류.

"혹시 일본에서는 어떻게 하겠다는 표현이 없었습니까? 협의회 탈퇴는 아니더라도 거부권을 행사한다거나. 아니면 우려를 표시한다거나."

유광명은 고개를 저었다.

"일본은 '일단 지켜보겠다'는 식이야. 원래 그런 식이잖은가. 좋은 말로 하자면 신중하고, 나쁘게 말하자면 야비한 족속들이지."

"……."

나는 직감했다.

일본과 텐류는 존 메이든과 신인류의 편에 서기를 택한 것이다.

'그리고 넌크리드는…….'

한겨울이 결사단을 통해서 확인하고 있겠지만, 호주의 그 거물 헌터는 이미 존 메이든에게 힘을 빼앗기고 죽은 상태일 가능성이 컸다.

마드리드의 그 피자집에서 시큰둥하게나마 나와 올노운에게 지지를 표했던 그가 갑자기 돌아섰을 것이라고는 생각되지 않았다.

첫 번째 '눈'에 의한 다섯 번째 '눈'의 죽음과 강제 계승.

'여신이 이런 골육상잔을 원하고 결사단을 만든 건 아니었을 텐데.'

입맛이 썼다.

아무튼, 그럼 3 대 3인 셈인가?

다행스럽게도 유광명은 김서옥의 뜻에 동조하지 않았다.

날 찾아온 것은 그런 의미였다.

"……청장님은 이미 오늘 아침에 대통령에게 사의를 전달했다. 그래서 청장직은 내가 임시로 이어받게 됐어."

"오, 유광명 청장님."

"시끄러워, 채 과장. 혹시라도 내가 정식으로 청장을 맡아야 한다면 난 그냥 현업으로 복귀할 거다! 이 대변인직도 내 아들 놈이 양복 입은 거 한번 보고 싶다고 해서 억지로 한 거야!"

"그럼 아드님이 청장 한번 해 달라고 하면요?"

"그놈은 3년 전에 게이트에서 죽었으니까 그런 말을 들을 일은 없겠지."

"아…….."

아무렇지도 않은 대구에 모두가 잠시 침묵에 빠졌다.

"죄송합니다, 유광명 헌터님. 몰랐습니다."

"그래, 다들 몰라. 아무튼 난 차원통제청장 자리에는 관심 없다. 단지 저 세상에서 보고 있을 아들놈에게 부끄러운 아비가 되고 싶지 않아! 그래서 백수현 조장, 자네를 찾아온 거다. 무슨 말인지 알겠나?"

"……예."

"이제 와서 하는 말이지만, 사실 나는 청장님이 자넬 쳐낼 때부터 그리 마음에 들지 않았어. 기껏 신인류 조사단을 만들고 쓸 만한 사람들을 뽑아 놓고 왜 또 해산시켜? 이거 야말로 전형적인 행정력 낭비 아닌가? 쯧."

나는 조용히 고개를 끄덕였다.

"그럼 '클로저스 연합'이라는 것은 청장님께서 임의로 붙인 이름입니까? 퀸쿼러스 연합에 대항하는 모양새를 갖추려고요?"

의외로 유광명은 고개를 저었다.

"아니, 클로저스 연합은 내 작품이 아니야. '신인류 검문 기술'도 마찬가지지."

"그럼 누가 주도한 겁니까?"

"정작 자네는 모르는 것 같지만, 이스케이프의 정석진 마스터가 물밑에서 여러 클랜들과 접촉하고 있었어."

"······."

그렇군. 스승님의 작품이었구나.

"크흠, 그리 대단한 성과는 없었으니 너무 기대하지 말고."

"그래도 성과가 있긴 있었단 말입니까?"

"이스케이프, 블랙핑거, 율탄."

"예? 율탄 클랜이 어째서······?"

한국에서 5위 정도의 위상을 가진 대규모 레이드 클랜이었다.

그들이 퀸쿼러스에 합류하지 않은 것까지는 그럴 수 있겠다 싶었지만······.

'왜 클로저스에 가담한 거지?'

이건 이유를 모르겠다.

유광명이 헛기침을 하며 말했다.

"그리고 너희 클로저스가 합류하면 4개 클랜이 되겠군. ······설마하니 클로저스 연합을 앙꼬 없는 찐빵으로 만들지는 않겠지?"

"무슨 홍철 없는 홍철 팀도 아니고."

나는 곧바로 정석진 마스터에게 전화를 걸었다.

"예, 마스터. 방금 퇴원했습니다. 그리고 그 이야기도 들었습니다. 예, '클로저스 연합'에 관한 이야기 말입니다. 저희 클랜 하우스로 오시겠습니까? 직접 뵙고 말씀 나누는 게 좋겠는데요. 좋습니다, 그럼 이따 뵙겠습니다."

내가 전화를 끊자 유광명은 옆에서 한숨을 푹 내쉬었다.

"빌어먹을. 게이트 사태가 시작된 이래로 요 며칠처럼 급박한 사건이 자주 터진 적이 없었다. 대체 무슨 일이 벌어지고 있는 건지 모르겠어. 세상이 말세인가……?"

날카로운 통찰력이군.

그 말에 나는 말없이 차창 밖으로 시선을 옮겼다.

'말세라면 말세지. 우리 지구에 인간만 존재하던 시대가 저물고 있으니.'

하지만 아직은 뭐라 말해 줄 수 있는 상황이 아니었다.

다만 두 사람이 나를 대신해서 먼저 움직인 것에 대해서는 충분히 치하할 만했다.

특히 유광명은 차원통제청의 대변인이자 김서옥 청장의 공략보좌관으로서 사실상 그녀의 오른팔이나 다름없는 인물이었다.

그런 그가 이런 결단을 내린 것은…….

"아드님이 분명 자랑스러워할 겁니다. CBDC와 존 메이든에게 반기를 든 것은 엄청난 용기를 필요로 하는 결정이었으니까요."

"……그래, 제발 그랬으면 좋겠군."

우리를 태운 밴은 클랜 하우스가 있는 관악산의 초입에

도달했다.

그러자 유광명은 채윤기의 어깨를 툭툭 치더니 바깥으로 손짓했다.

"난 여기서 내려 주게. 나도 청사로 돌아가서 나름대로 준비할 게 있어."

준비?

나는 제지하지 않을 수가 없었다.

"유광명 헌터님, CBDC를 등에 업은 퀀퀴러스 연합이 작심하면 마찬가지로 위험하실 텐데요? 차라리 저와 함께 계시는 게 나을 겁니다."

"그야 그렇겠지만……."

그는 조금 서글프게 웃었다.

"대통령도 알 건 알아야 하지 않겠나? 청와대에서 어떤 판단을 할지는 모르겠지만 보고는 올려 봐야지. 미국의 '일방 개입'을 받아들여서는 안 된다고 말이야."

'청와대. 청와대라…….'

사실 마력을 각성한 헌터라는 초인들에게, 일반 사회의 정치 따위는 거의 효력을 발휘하지 못한다.

차원통제청이 행정부 산하에 있는 것은 이 비인간적인 무력과 일반 대중 사이의 충격을 완화해 주는 완충지대일 뿐.

유광명의 보고서를 받은 청와대가 취할 수 있는 최선책은 프랑스, 터키, 중국과 마찬가지로 협의회 탈퇴를 선언하는 것 정도였다.

'하지만 미국과 엮인 일인데 청와대가 강경하게 나올 가능성은 거의 없다고 봐야겠지.'

그렇기에 유광명이 하겠다는 일은 무의미한 것에 가까웠다.

본인도 모를 리가 없다.

'차라리 클로저스 연합에 차원통제청 헌터들을 다 데리고 들어오는 식이 나을 텐데.'

그래도 이들은 모두 엄연한 공무원들이고, 지금은 언론의 십자포화가 나에게 쏟아지고 있으니 호의적인 상태도 아닐 것이다.

오히려 퀸쿼러스에 호의를 가지고 있을 확률이 컸다.

'뭔가 명분이 없을까? 여론을 뒤집고 상황을 반전시킬 계기가 필요한데.'

"……상황이 여러모로 쉽지 않지만 할 수 있는 만큼 해 보자고, 백수현 마스터."

씁쓸한 웃음과 함께 유광명 헌터가 차 문의 손잡이를 잡은 그 순간.

[알림 : 특성 '야성'이 직관을 발휘하고 있습니다. '대규모 습격의 위험'에 주의하십시오.]

서늘한 예감이 뒷덜미를 쿡 찌르는 것처럼 나에게 다가왔다.

난 고개를 돌려 관악산 중턱을 바라보았다.

'어딘가 있다. 벌써 와 있어.'

긴장감?

아니, 그런 건 전혀 없었다.

나는 오히려 입꼬리를 씩 말아 올리며 진한 즐거움을 느꼈다.

'딱 필요할 때 왔네.'

만렙에 도달한 내 감각은 불청객의 존재를 너무나 쉽게 잡아냈다.

"무왕."

"응? 우왕? 뭐가 우왕인가?"

"우왕이 아니고, 신인류의 간부 중 한 사람인 '무왕'요. 지금 그놈이 여기 와 있습니다."

"정말인가?"

"이따 직접 확인하셔야죠?"

"……!"

유광명도 나와 비슷한 생각을 떠올린 듯했다.

나를 치기 위해서 달려온 놈들을 거꾸로 써먹을 방법.

"……어떻습니까?"

"좋군, 좋아!"

CBDC와 퀸쿼러스 연합에 대항하는 우리의 첫 먹잇감이자, 지금의 거지 같은 상황을 반전시킬 한 방이 되어 줄 것이다.

잠시 후, 정석진 마스터까지 관악산에 도착했을 때.

"시작하시죠."

우리는 조용히 산을 타기 시작했다.

작전은 무척이나 간단했다.

'전부 때려 부순다.'

원래 압도적인 힘 앞에서 테크닉 따위는 그리 중요하지 않은 법이니까.

우리는 산그늘 아래로 우리 클랜 하우스를 향해서 접근하는 수백 명의 헌터들을 바라보며 계획을 점검했다.

'하나하나가 전부 레벨 70 내외는 되는 것 같지만……'

나와 유광명이 전위를 맡고, 정석진과 이엘린이 후위에서 받쳐 주는 이 조합이라면.

'모조리 궤멸시킬 수 있지. 한 놈도 남김없이.'

나는 가만히 손짓을 보냈다.

그러자 산세 위로 시퍼런 섬광이 번쩍였다.

마치 구름 사이로 머리를 내민 거인처럼 하계를 내려다보는 거대한 법진(法陣).

쿠르르르르……

문자로 이루어진 청룡은 가볍게 용트림을 하더니 지상을 향해 제 효력을 모두 쏟아 냈다.

이것은 정석진 마스터가 사용하는 디버프 기술들 중에서도 가장 고등위에 속하는 마법.

아이언 페럴라이즈(Iron Paralyze).

직역하자면 '철 마비'라고 할까.

일정 범위 안에 존재하는 '철분'의 마력 위상에 개입하여 순간적인 무력화를 유도하는 광역 견제 기술이었다.

철이 합금된 무기와 방어구가 간섭력에 의해 엉뚱하게 움직이는 것은 물론이고.

"……!"

인간 역시 마찬가지.

당연한 상식이지만, 사람의 혈액에는 상당한 양의 철분이 함유되어 있기 때문이다.

강인한 헌터의 육체에 대미지를 입히는 것까지는 힘들더라도…….

"뭐, 뭐, 뭐야?"

"지금, 뭔가, 마법이!"

"다리가……! 안 움직이는데……!"

당장 원인을 추측할 수 없는 경직과 마비를 일으키기에는 충분했던 것이다.

생사를 가르기에 차고 넘치는 공백.

"……가죠."

"그러지."

나와 유광명은 그대로 뛰어들었다.

물론 혈액에 철분이 포함되어 있는 것은 우리 두 사람도 마찬가지였다.

하지만 한 가지 다른 점은 디버프의 종류를 정확히 알고 있기에 완벽한 디스펠이 가능하다는 것.

등 뒤에서 이엘린이 뿜어내는 마력이 느껴졌다.

　　[스킬 : '간섭 억제'.]

마치 보호구를 입은 것처럼 정석진 마스터의 디버프가 튕겨 나간다.

나는 유광명보다 한발 앞서 돌진했다.

그리고 난전이 시작되었다.

　　　　　　　　∨

관악산 상공에서 정석진의 아이언 페럴라이즈가 동작했을 때.

"눈치챘나? 크크크……. 제법 귀여운 짓거리를 하는군."

무왕은 대수롭지 않게 여겼다.

정확히 어떤 방식으로 구동되는 디버프인지는 알 수 없었으나, 이 정도 위력으로는 역부족이라고 판단했으니까.

'저 클랜 하우스에서 요격이 시작되더라도 이 진격을 막을 수는 없을 거다.'

어차피 선봉에 선 몇몇을 고기 방패로 삼아서 밀고 올라가는 것이 애초의 계획이었다.

일단 클랜 하우스에 진입하기만 하면 그때부터는 직접 날뛸 생각이었다.

'백수현. 아니, 최원호. 내가 직접 네놈의 클랜원들을 찢어발겨서 이 땅의 산과 들에 버려 주겠다. 다들 가는 길이 외롭지는 않을 것이야.'

클로저스 클랜 하우스에 침입해서 최원호는 생포하고 나머지는 전부 참살하는 것.

무왕은 자신이 직접 온 이상, 충분히 이룰 수 있는 목표라고 자신하고 있었다.

하지만 다음 순간.

쾅-!

디버프에 의해 잠시 주춤했던 전열의 한복판에서 영문을 알 수 없는 폭발음이 터져 나왔다.

'아, 마법 지뢰를 매설해 둔 건가?'

그렇다면 전열의 폭을 줄여서 안전지대를 확보하면서 올

라가면 될 일……

쾅아아아앙─!

마법 지뢰 따위가 아니다.

훨씬 강력하며 절대로 피할 수 없는 폭력의 행사.

무왕은 눈을 믿을 수 없었다.

"뭐야? 저것들이 어떻게?"

마치 양 떼 한복판을 휘젓고 다니는 늑대들처럼 보였다.

최원호와 유광명은 분명 적수공권이었으나, 도저히 믿기지 않을 만큼 재앙적인 파괴력을 발휘하고 있었다.

[권능 : '암살자 원숭이의 보이지 않는 손'.]

[권능 : '대적자 재규어의 혈조'.]

[권능 : '챔피언 침팬지의 괴력'.]

융견이 일부 파손된 상태였지만 지금 당장은 상관없는 일.

"커어억."

"사, 살려……!"

"……."

동작이 마비된 신인류 헌터들의 머리통을 터트리고 모가지를 잡아서 꺾어 버린다.

한 발을 내디딜 때마다 관절을 부수었고, 주먹을 내칠 때마다 갈비뼈 사이로 칼날 같은 충격량이 관통하며 심장을 쪼개 놓았다.

'세상에, 저게 사람인가?'

뒤를 따르는 유광명이 보조를 맞추기도 쉽지 않을 정도였다. 마치 사람이 아니라 전투 기계처럼.

또는 그 공세가 한 폭의 그림처럼 느껴질 만큼, 최원호는 최선을 다해서 적을 파괴하고 있었다.

"빌어먹을……."

잠시 넋을 놓고 그 모습을 바라보던 무왕은 자리를 박차고 몸을 일으켰다.

'디버프에 저항할 수 있는 방법이 있었어. 처음부터 그걸 가지고 들어온 거였군.'

이럴 땐 디버프의 근원을 파괴하는 것이 가장 빠른 길이었으니.

무왕은 고개를 들어 디버프 마법진이 작용하는 범위를 살펴보았다.

적잖은 크기의 법진으로 미루어 보건대, 상당한 수준의 마법사가 동원된 듯했다.

'그렇다면 이미 여기 어딘가에 깊숙하게 은폐한 상태겠지.'

정석이라면 일단 전열을 뒤로 물리고 마법적인 대처를 갖추고 재진입하는 것이겠지만…….

"이 쓰레기 같은 놈들, 정말 조금도 도움이 되지 않는구나."

무왕은 보다 급진적인 방식을 택했다.

무자비하게 도륙 당하고 있는 자신의 헌터들을 그대로 내버려 둔 채.

"초상비(草上飛)!"

훌쩍 몸을 띄워 상공으로 솟구치더니 장내를 직선으로 가로지르며 앞으로 달려 나가기 시작한 것이다.

그의 머릿속에 떠오른 새로운 계획은 '인질극'.

"네놈의 클랜원들이 하나씩 분해되는 상황에서도 작전을 쓸 수 있는지, 어디 지켜보마. 크흐흐흐……."

어차피 최원호가 이곳에 있다면 클랜 하우스는 무주공산이나 다름없으니.

이곳의 난전 상황을 무시하고 혼자로 쳐들어가겠다는 생각이었다.

바로 그때였다.

−**잡았다! 요놈!**

"……!"

푸욱.

무왕은 가슴을 깊게 파고드는 쇠붙이의 존재를 느꼈다.

어디선가 나타난 시커먼 칼날이 자신의 심장을 찌르고 있었다.

"어, 어검술……?"

-어, 맞아! 검술이야!

즐겁게 깔깔거리면서 말장난으로 정신 공격까지 시전하는 에고 소드.

무왕은 핏물을 울컥 토해 내며 추락을 시작했다.

하지만 그러면서도 자신을 꿰뚫은 칼날부터 뽑아내려 애쓰는 중이었다.

'잠깐만. 조금만 틈을 벌면 돼. 그러면 심장도 충분히 회복할 수 있을…….'

하지만 최원호는 이미 해청을 향해 손가락을 흔들어 보이고 있었다.

엄지와 검지를 맞붙였다가 툭 떼는 제스처.

그것은 칼날의 크기를 최대한으로 키우라는 뜻이었다.

-우린 이걸 '장기자랑'이라고 부르기로 했어요!

"크어어어어……!"

무왕은 오히려 쇠붙이가 자신의 가슴속에서 확장되는 것을 느끼며 정신을 잃었다.

그렇게 구심점을 잃은 신인류의 전열.

그들은 사분오열 와해되기 시작했다.

그리고 다가온 최원호.

-오랜만이야, 주인! 엄청 강해졌네? 어쩐지 의념의 전달 거리가 확 늘어났다 싶었어.

"응, 해후는 조금 이따가 하자."

그는 해청을 뽑아서 거침없이 휘둘렀다.

더운 피가 확 튀어 오르는 것과 함께, 빛을 영원히 잃어버린 눈동자가 산길 위를 굴렀다.

최원호는 조금의 망설임도 없이 무왕의 몸으로부터 놈의 머리통을 떼어내 버렸다.

뒤늦게 쫓아온 유광명이 당혹한 목소리로 중얼거렸다.

"아니, 그래도 정보를 캐내려면 잠시 살려 뒀어야지……?"

당장 목을 친 것은 너무 급하지 않았느냐는 말이었다.

하지만 최원호는 고개를 저었다.

"신인류에 대한 정보라면 이미 충분히 알고 있습니다."

"이미 안다고?"

"예, 방금 그렇게 됐습니다."

최원호의 눈은 새롭게 떠오른 시스템 메시지를 바라보고 있었다.

클랜 하우스에서 날아온 해청의 칼날이 무왕의 심장을 꿰뚫었던 그 순간.

[알림 : 히든 스탯 '신성'이 반응합니다!]

[안내 : 오염된 차원 개체를 발견하고 회수합니다. 기록의 일부를 열람할 수 있습니다.]

최원호는 물속에 풀어놓은 잉크처럼 번지는 '순수 마력'을 느낄 수 있었다.

비록 스탯은 오르지 않았지만, 무왕이 알고 있던 것들을 들여다볼 수 있게 된 순간이었다.

"……."

헌드레드를 비롯한 클로저스의 간부들은 완벽하게 무장한 상태였다.

무왕의 군대가 산기슭을 거슬러 올라오며 몇 가지의 알람 마법을 건드렸고.

심상찮은 침입자들이 있음을 일찍 감지한 덕분이었다.

클랜 하우스는 이미 이중, 삼중으로 결계와 방어 마법들이 갖추어져 거의 요새와도 같았다.

그러니 어지간한 공격에는 눈 하나 깜짝하지 않을 자신이 있었다.

분명 그랬는데.

"워우, 저건 좀 무서운데요……."

"……우리 편이라서 진짜 다행이야."

헌드레드가 중얼거리자 봄향이 말을 받았다.

두 사람은 클랜 하우스 정문으로 걸어 들어오는 최원호를 바라보고 있었다.

문제는 그 외양의 상태.

"헌드레드."

"예, 마스터. 당장 씻으셔야겠습니다."

"그래."

신인류 헌터들을 도륙 내느라 온몸은 피 칠갑이 된 꼴이었고, 왼손에는 죽은 무왕의 머리통을 휘어잡고 있었다.

흡사 지옥에서 올라온 도살자 같은 모습에 정문에서 경계 태세를 취하고 있던 일반 클랜원들이 시선을 피할 정도였다.

최원호는 적의 수급을 툭 내려놓았다.

"이건 불태워 버려."

"알겠습니다."

헌드레드는 군소리 없이 명령을 받아들였다.

궁금한 것은 많았으나, 지금 최원호가 무척이나 지친 기색이었기에 다른 말은 꺼낼 수가 없었다.

'하긴, 당연히 지치셨겠지.'

러시아 원정부터 숨 쉴 틈도 없었던 일정을 고려하면 지극히 자연스러운 일이라고 생각되었다.

그러나 그렇지 않은 사람도 있었다.

"어? 유광명 헌터님 아니십니까?"

"아, 헌드레드. 클로저스 클랜의 세컨드 헌터로 자리를 잡았다더니 정말이었군."

"예, 어쩌다 보니 그렇게 됐습니다."

"허허, 잘된 일이로구먼⋯⋯."

"감사합니다. 헌터님도 씻으셔야겠네요?"

"부탁하지."

정석진, 이엘린과 함께 클로저스 클랜 하우스로 들어온 유광명.

그는 최원호의 지친 뒷모습을 바라보며 이상함을 느끼고 있었다.

'무왕의 목을 베자마자 급격히 표정이 굳었다. 왜 그랬을까?'

아까의 상황을 계속 떠올리며 대체 최원호가 무엇을 알게 되었다는 것인지 짐작해 보려고 애쓰는 중이었다.

그리고 이러한 유광명의 노력은 곧 결실을 맺게 되었다.

관악산 초입에서 대기하던 채윤기와 석형우까지 귀환하여, 클로저스의 클랜원들이 모두 집결한 뒤.

"전체 회의를 소집하겠습니다. 모든 클랜원들은 1층으로 모여 주십시오."

지옥의 야차처럼 뒤집어쓰고 있던 피를 씻어 낸 최원호는 무거운 표정으로 클랜원들을 전부 불러들였다.

그리고 머뭇거리지 않고 곧바로 이야기를 시작했다.

"열흘 뒤, 세계 전역에 몬스터들이 쏟아질 겁니다. '차원 연결'이라는 현상입니다."

"예? 차원 연결이라뇨?"

"어, 게이트가 많이 생겨난다는 뜻입니까?"

지나치게 당황스러운 서론에 클랜원들은 제대로 받아들이지 못했다.

하지만.

"아뇨, 모든 게이트가 역류한다고 생각하면 됩니다."

"그게 무슨······!"

전원 가족들을 보호할 수 있도록 준비하십시오. 다행스럽게도 우리 클랜 하우스의 지하에는 대규모 방공호가 설치되어 있습니다. 입주와 보호를 원하는 클랜원에게는······."

아무렇지 않게, 예정되어 있던 민방위 훈련에 대해서 설명하듯이.

"······그전까지 우리 클랜과 '클로저스 연합'은 최대한 많은 게이트를 공략하고 폐쇄할 것입니다. 각자의 한계까지 레벨 업을 진행하십시오. 무엇보다도 전투력을 끌어 올리는 것이 가장 중요합니다."

침착하지만 진지한 태도로 '전쟁'에 대해서 이야기했다.

헌터들은 혼란에 빠졌다.

"혹시 몰래카메라 같은 걸까요?"

"아니야. 아무래도 농담하시는 건 아닌 것 같은데."

"그, 그러면 정말로?"

"차원 연결······?"

누구 하나 질문을 던지지도 못한 채.

그저 자리에 얼어붙은 상태로 최원호의 이야기를 듣고 있을 수밖에 없었다.

✧

세계 클랜 협의회와 미국의 CBDC가 전 세계의 게이트를 관리하겠다고 선포했다는 소식이 발표되었다.

그러나 언론은 잠잠했다.

몇몇 기자들이 '게이트 주권'을 논하며 비판을 가하기도 했지만······.

[헌터 포커스] 〈사설〉 게이트 산업, 이제 '세계화의 물결'에 올라탈 시간.

[게이트 저널] 범지구적인 게이트 관리론 급부상······ 우리 산업의 이해득실은?

[영웅일보] 김서옥 前청장, 존 메이든과 '원 팀'을 맺다!

대부분의 언론은 그 흐름을 지지하고 있었다.

적당하고도 교묘한 단어 선택으로 여론을 이끌어 가고 있었던 것이다.

그 때문에 대중은 본질을 제대로 보지 못했다.

'게이트란 무엇인가.'

게이트 주권 따위보다도, 사실은 이 질문이 더 중요했다.

야수계의 수인종들은 게이트를 오로지 '재앙', 그 이상도 그 이하도 아닌 것으로 간주했다.

하지만 우리 지구의 인간들은 '자원'으로 여겼다.

여기서 신인류는 한발 더 나아가, 게이트를 '기회'로 활용하고자 했다.

'타계를 선제적으로 공략하여 정벌할 수 있는 기회.'

그 결과가 이것이었다.

차원의 연결과 필연적인 전쟁.

피할 수 없는 일이라면, 가능한 한 완벽하게 대비해야만 했다.

"……게이트 연속 공략은 내일 아침부터 시작하겠습니다. 모두 철저하게 준비해 주시기 바랍니다. 이상 마치겠습니다."

내가 말을 마치고 단상 위에서 내려왔을 때, 클랜원들은 여전히 어리둥절한 표정이었다.

쉽게 받아들이지 못하는 것도 당연했다.

'이들에겐 차원 연결이라는 개념 자체가 낯설 테지.'

아직 지구에서는 게이트의 작동 원리에 대해 알려진 것이 많지 않았다.

게이트가 통로의 역할을 한다는 것은 나와 결사단의 눈들, 신인류를 포함한 일부 헌터들에게만 알려진 사실이었다.

하지만 이건 피할 수 없는 기정사실이었다.

앞으로 열흘 뒤, 지구와 타계를 잇는 차원 연결이 발생할 것이다.

'그놈들의 계획이 이 정도까지 진행되어 있었을 줄이야.'

이른바 '신세계 계획'.

나는 무왕의 기억을 통해서 신인류가 어디까지 작업을 진행시켰는지 알게 되었다.

놈들은 이미 여섯 군데의 차원 통로를 만들어 둔 상태였다.

개중 가장 거대한 규모였던 시베리아 통로를 내가 파괴하기는 했지만…….

'멕시코, 슬로베니아, 키르기스스탄, 볼리비아, 모잠비크까지. 다섯 군데나 더 남아 있어.'

……미친놈들.

목구멍에서 욕이 절로 나올 만큼 대단한 집념의 결과물들이었다.

디데이까지 고작 열흘이 남은 이 시점에서 다섯 통로를 모두 파괴하는 것은 불가능했다.

그리고 신인류의 지도부는 시베리아에서의 교훈을 통해 내 공격에 대비하고 있을 확률이 컸다.

'백작, 이사장, 존 메이든⋯⋯.'

그리고 9명의 계외자(界外者)들까지.

이렇게 도합 12명이 신인류의 전체 지도부였다.

무왕은 그중 한 자리를 차지한 놈에 불과했던 것이다.

젠장, 뭐가 그리 많아?

'대충 5명만 모여서 놀면 안 되는 건가?'

신성이 회수되며 이 정보를 받아들었을 때는 정말 머릿속이 아득해지는 기분이었다.

내가 예상한 것보다 훨씬 더 많았으니까.

'고작 3명일 리가 없다고 예상하고 있긴 했지만, 12명이나 될 줄이야⋯⋯.'

그래도 9명은 '계외자'로서 지구의 상황에 함부로 개입할 수 없는 입장이긴 했다.

마치 이엘린처럼 말이다.

'계외자라⋯⋯. 적당한 작명이군.'

오르카니스라는 세계에 소속을 두고 있었으나, 자신의 세계가 침탈당하며 몬스터로 격하되었던 요정 왕녀 이엘린.

그녀는 내 도움을 얻어서 우리 지구에 새로 배속되며 몬스터의 격에서 탈출하기에 성공했다.

신인류 조직에서는 이러한 존재를 '계외자'라고 지칭했다.

원래 세계에서 이탈하여 다른 세계를 떠돌며 반격을 노리는 존재들이었다.

'차원의 방랑자라고 해야 하나?'

자신의 세계를 잃어버렸음에도 불구하고 다른 세계에 뿌리를 박고 살아남은 계외자들은 기본적으로 대단한 게이트 베테랑들이다.

그리고 '차원 전쟁'에 광적으로 집착한다.

……이들의 목적?

'복수. 당연한 거지.'

계외자들은 자신의 원 세계를 침략한 종족에게 복수하기를 소망한다.

이엘린의 입장이라면 오우거의 세계로 쳐들어가서 모조리 뒤집어엎으려 하는 것.

기회만 생긴다면 마다할 이유가 없는 당연지사였다.

'그런 이유로 신인류가 창설된 거였어.'

여신의 눈을 피해서 지구에 들어온 9명의 계외자가 인간들을 꼬드겼고.

결사단에서 파생되어 테러리스트로서 활동하던 백작이 이에 응했다.

여신은 무슨 수를 쓰든 악마종을 몰아내기만 하면 된다고 생각하며 이들을 지원했지만…….

'오히려 괴물을 만들었군.'

이보다 적절한 표현이 있을까?

그녀가 목표했던 악마종은 신인류에 의해 이미 사냥된 지 오래였다.

결과적으로 신인류는 '정보의 일족'을 비롯한 타계의 종족들과 손을 잡고 위험한 야망을 품기 시작했다.

이제 그 결실이 세계 곳곳에서 꽃을 피울 차례였다.

지구는 전쟁터가 될 것이다.

"후······."

집무실로 돌아온 나는 한숨을 푹 내쉬었다.

분명 어마어마한 숫자의 사람들이 죽어 가는 비극이 되겠지.

하지만······.

'불행 중 다행인 점도 한 가지 있네.'

바로 페이즈가 바뀔 것이라는 점.

차원 통로를 만들기 위해 다수의 게이트가 차원 역류를 일으킨다는 말은, 많은 게이트가 순간적으로 소멸함을 의미하기도 했다.

최소한으로 계산해 봐도 5만 이상의 게이트가 일거에 사라지게 될 터.

'그렇다면 지구도 2페이즈로 넘어갈 수 있어.'

비록 지구 헌터들이 게이트를 직접 공략해서 없앤 성과는 아니겠으나, 강제 역류 또한 게이트를 없애는 한 방법이기는 했다.

그러므로 지구도 다음 단계로 진행된다.

'게이트 폐쇄에 집중했던 야수계가 10년 만에 2페이즈로 넘어갔던 그때처럼……'

우리의 세계에서도 레벨 100의 제한이 해제되고 다음 단계가 시작되리라는 것이 나의 예상이었다.

'위기를 기회로 만들어야 한다.'

내가 클로저스 클랜원들에게 레벨 업에 집중하라고 주문한 것도 2페이즈를 염두에 두고 던진 이야기였다.

이제 그 준비 작업을 해 둬야 했다.

벌컥.

"최원호!"

"오빠!"

노크도 없이 집무실의 문을 박차고 들어온 이들은 바로 이코와 신우.

"너 인마! 아까 그건 도대체 무슨……!"

"차원 연결이 대체 뭐야? 러시아에서 무슨 일이 있었던 건데?"

"……앉아."

나는 그들에게 가만히 손짓했다.

그러자 두 사람은 내 눈치를 보더니 테이블에 자리를 잡고 앉았다.

그리 길진 않지만, 상당히 복잡할 수밖에 없는 이야기가
시작되었다.

︾

대한민국 헌터계는 일대 혼란에 휩싸였다.

관악산 상공에 등장한 거대한 마법진.

예리한 기감과 우수한 시력을 가진 헌터가 아니더라도 쏟
아지는 마력의 이적을 목격하기에는 충분했다.

수많은 시민들이 보았기에 언론이 다루지 않을 수 없는
주제였다.

기자들의 시선이 향한 곳은 관악산에 자리 잡고 있는 클
로저스 클랜이 될 수밖에 없었다.

"아, 석형우 선배님? 영웅일보의 천상희라고 합니다. 여
쭤볼 게 있어서요."

"여보세요! 석형우 헌터님 전화 맞죠? 아, 저는 마이 히어
로의 취재팀 양지현인데요!"

"더 게이트의 '최장호'입니다. 예. 통화 좀 하고 싶은데요?"

하나같이 힘이 잔뜩 들어간 목소리들.

이미 클로저스 클랜이 헌터계의 공적으로 몰리고 있는 상
황이었고, 최원호가 퇴원하며 일어난 일대 소란까지.

기자들은 클로저스 연합이든 클랜이든 하나만 걸리라는

식으로 눈에 불을 켠 상태였다.

하지만.

"천상희 기자님, 나 얘기해 줄 거 없으니까 이만 끊습니다."

"아, 마이 히어로? 야, 너희는 나한테 전화하면 안 되지. 내 목소리 듣고 싶으면 사장이 직접 전화하라고 해!"

"'최장호 후배님'? 난 통화하기 싫은데? 뭐? 미쳤냐고? 그래, 나 미쳤다! 이 새끼야, 아니꼬우면 계급장 떼고 한판 붙든가! 어디서 까마득한 짬밥이⋯⋯! 내가 너한테 기름칠할 군번이냐? 상큼하게 터져 볼래?"

석형우가 순식간에 안면을 몰수하고 취재 기자들에게 거친 언사를 쏟아부은 것이었다.

이에 머리끝까지 화가 난 기자들은 펜대로 복수하기 시작했다.

[마이 히어로] '안하무인' 클로저스 클랜, 女기자에게 막말 "내 목소리 듣고 싶어?"

[더 게이트] 클로저스 클랜 '원정男' 논란에 이어서 언론 무시까지⋯⋯ "무서운 게 없다?"

[영웅일보] C 클랜의 취재 거부 사태! 원로 헌터들 우려 표시 "백수현, 성찰 없는 괴물"

하지만 그 기사들은 불과 10분 만에 사람들의 뇌리에서 까맣게 잊힐 수밖에 없었다.

[게이트 저널] 〈여선영이 묻는다〉 단독 특종! 백수현 헌터 "레벨 100 달성했다"

[게이트 저널] 〈여선영이 묻는다〉 백수현 마스터의 충격 발표! "나는 '차원 귀환자'"

[게이트 저널] 〈여선영이 묻는다〉 '심층 인터뷰' 백수현, "10일 뒤, 대재앙 도래할 것……"

레벨 100, 차원 귀환자, 재앙 예언까지.

클릭하지 않고는 도저히 넘길 수가 없는 기사들이 연이어 업로드되었기 때문이다.

이는 최원호의 지시를 받은 석형우가 특종 욕심을 내고 있던 여선영 편집장을 직접 불러 인터뷰 자리를 주선한 결과였다.

[석 선배^^ 기사 바로 내보냈어요~]

[덕분에 회사에 밥값 좀 했네ㅎㅎ]

[근데 이거 감당되는 거야? 내가 걱정이 좀 돼서요;]

[정신 계열 저주 같은 거…… 혹시 모르니까 한번 체크해 봐요 ^^;;;]

다름 아닌, 인터뷰이였던 최원호가 미친 것이 아니냐는 걱정이었다.

그만큼 허황된 것으로 읽힐 수밖에 없는 보도 기사들이었으니까.

네티즌들은 무척이나 당연한 반응을 쏟아 냈다.

　　－지가 렙100????? 백수현 언제 업종 변경했음?

　　－ㄹㅇㅋㅋ 아라사에서 개그맨이 되어 돌아왓누

　　－차원귀환은 또뭔솔?

　　－ㄴ기사 읽어 봤냐 지가 4년 전에 차원 역류에 들어갔다가 살아서 돌아왔다자녕..

　　－????? 예수님이었나

　　－얼ㅋㅋㅋ심판의 날 예언까지 레알 예수 코스프레네ㅋㅋㅋㅋㅋㅋㅋ

　　－누가 관악산 찾아가서 하얀색으로 칠 좀 하고 와라

　　－언덕 위의 하얀집 실화냐ㅋㅋㅋㅋㅋㅋㅋㅋㅋ

　　－ㅅㅂ 올노운 이후로 대단한 놈 하나 나온 줄 알았더니 정신병자였네

그 누구도 최원호의 말을 믿지 않았다.

언론과 대중 모두가 한목소리로 그를 비웃고 있었다.

이는 정확하게 퀸쿼러스 연합이 의도했던 바였다.

하지만 클로저스의 금력(金力)이 움직이자 상황이 급변했다.

  [더 가디언즈] 클로저스의 이상 행보 '서울 시내의 모든 게이트
  매입 완료'

 등급과 상태를 가리지 않고, 가까운 게이트들의 공략 권리를 닥치는 대로 매입하기 시작한 것이다.
 그리고 외국 언론들을 통해서 자신들의 목표를 천명했다.

  [GATE USA] 클로저스 클랜, "10일 안에 대한민국에서 모든 게
  이트를 지워 버릴 것이다"
  [BCC Gates] 'Closers Union' 결성! 4개의 클랜으로 구성된
  레이드 연합체…… "게이트 폐쇄에 총력 다할 것"

 한국의 게이트를 이용해서 돈을 벌기보다 공략과 폐쇄에 오롯하게 집중하겠다는 의지를 알렸다.
 이는 매국 헌터라며 비난하던 이들에게 가운뎃손가락을 들어 주는 한 방이기도 했다.
 국내 언론들이 어떻게 반응해야 할지 망설이는 사이, 새로운 목소리들이 전해졌다.

[The conquest] 아시안 영웅의 재등장? 나디아, 카라바크, 레이황 "우리는 클로저스 유니언을 지지한다!"

신인류에 가담하지 않은 결사단의 '눈'들.
그들은 결사단의 네트워크를 통해서 최원호의 의중을 알고 있었고, 당연히 지지하겠다는 뜻을 전해 왔다.

　　－여러분 상황이 좀 이상하게 흘러가는 거 같지 않나요..?
　　－ㄴ뭐지; 분위기 좀 수상한디?;;;;
　　－나디아좌가 헛소리 할 사람이 아닌뎅
　　－백수현 정병 맞나요? 내공 10 겁니다..
　　－아까 예수드립 치던 새끼들 다 어디 갔음?
　　－ㅅㅂ뭐가 어떻게 되고 있는 거여
　　－우리만 백수현 욕하는 너낌적인 너낌ㅇㅈ?
　　－ㅇㅇㅈ 머한민국 종특 ㄹㅇ ㅋㅋㅋ
　　－아니다 이 악마들아 난 믿고 있었다고ㅠㅠ

다가올 위기를 경고하고, 실력을 행사하기 시작했으며, 적아를 과감하게 구별하는 최원호의 행보.
일방적인 언론에 세뇌되어 있던 여론이었으나 격랑에 휘말린 것처럼 갈라지기 시작했다.
곧 이러한 흐름을 두고 볼 수 없었던 인물이 등장했다.

"……여보세요. 진세희 마스터? 예, 나 김서옥입니다."

하루아침에 대한민국 차원통제청장직을 사임하고, 미합중국 중앙 차원관리국의 아시아 지부장으로 부임한 김서옥.

"네, 맞아요. 백수현 때문에 지시가 내려왔습니다. 놈이 날뛰는 것을 막으라는 명령입니다. 할 수 있지요? 반드시 해야 합니다."

"……."

그녀는 존 메이든의 묵직한 눈빛 앞에서 마른침을 삼키고 있었다.

새벽안개가 관악산 중턱에 올라앉았다가 서서히 씻겨 내려갔다.

나는 철만 아저씨와 함께 집무실 창가에 서서 그 모습을 바라보고 있었다.

그가 문득 입을 열었다.

"원호야."

"예, 장인어른."

"아직 결혼 안 했잖냐."

"어차피 할 텐데요."

"……원호야, 어쩌면 영하는 돌아올 수 없을지도 몰라.

우리도 그걸 인정해야 돼."

나는 대답하지 않고 아저씨를 물끄러미 바라보았다.

그러자 아저씨는 빙그레 웃었다.

마치 해탈한 사람처럼.

"네 이야기를 듣고 보니까, 문득 이런 생각이 들더구나. 만약 영하가 다른 세계 어디에선가 살아 있다면, 그런데 거기서 잘 살고 있다면? 우리가 그 애를 데려올 수 있을까?"

"그건……."

잠시 생각하던 나는 미간을 찌푸렸다.

"왜 그런 생각을 하십니까? 그러지 마세요."

"그냥. 지금까지는 차원을 넘어가고 넘어오는 게 얼마나 위험한 일인지 몰랐는데, 알고 나니까 이런저런 생각이 들어. 허허."

"……."

그렇군.

차원 통로에 대한 내 설명을 들은 철만 아저씨는 조금 충격을 받은 듯했다.

게이트를 찢고 나오는 기술을 직접 창안한 사람에게도, 차원 전쟁의 가능성은 완전히 뜻밖의 것이었고…….

할 수 있다면 반드시 막아야 할 사건으로 여겨지고 있었다.

'그래서 영하 누나를 찾지 않는 편이 차라리 나을지도 모

른다고 생각하시는 거야.'

누나를 찾기 위해 차원 통로를 연다면 지구가 또 하나의 타계와 연결될 터.

자칫 새로운 차원 전쟁이 벌어질 가능성을 제공하는 일이 될 수도 있다.

철만 아저씨는 우리 세계의 평안을 지키기 위해서 누나를 찾지 않는 쪽이 나을 수도 있다고 이야기하고 있었다.

하지만 나는 고개를 저었다.

"아저씨, 저는 44년 동안 두 가지 생각으로 버텼습니다. 여기로 돌아오는 것과 누나를 찾는 것. 그런데 부모님까지 찾을 수 있을지도 모른다네요? 저더러 이걸 참으란 말씀입니까?"

"알아. 안다, 나도. 그렇지만 저 너머의 세계들이 얼마나 위험할지, 그리고 정말 그들이 생존해 있을지는……."

"아직은 전혀 모르는 일이죠. 전 그걸 확인할 겁니다."

차원 연결이 일어난 뒤에 벌어질 일에 대해서는 아무도 모른다.

'신인류의 지도부? 어차피 인간 3명은 다른 차원을 경험해 보지도 못한 놈들이고, 계외자 9명은 입장이 제각각이야.'

어떤 차원과 연결되었는지에 따라 격동할 수밖에 없는 상황이다.

나는 차라리 이 기회를 이용해서 '예행연습'을 한다고 생각하기로 했다.

차원 연결 이후의 상황에 대처하는 예행연습.

철만 아저씨는 피식 웃었다.

"이 녀석, 확고하구나?"

"네, 포기할 생각 없습니다. 그러니까 아저씨도 엉뚱한 생각은 하지 마세요."

"알았다, 인석아."

그리고 아저씨는 내게 용견을 내밀었다.

백작과 벌인 격전으로 인해 파손되었던 방어구는 말끔하게 수리가 끝난 상태였다.

"부디 몸조심하거라. 가능하다면 용견에 강화막을 올릴 수 있는 재료를 구해. 이제 네 레벨에서는 매순간이 위험하잖냐? 어떻게든 큰 공격 하나를 피할 수 있는 방법이 필요하단 말이다."

"흠."

"사실 '요정의 정수'를 구해서 바르면 좋을 텐데, 네가 이엘린 양을 거뒀으니 그건 좀 그렇게 됐고."

"……확실히 그건 조금 그렇죠."

무슨 싸이코패스도 아니고.

요정을 쥐어짜서 만드는 에센스를 이엘린 앞에서 사용할 순 없는 노릇이다.

나는 창밖을 바라보며 생각에 잠겼다.

'융견에 강화막을 올린다…….'

그러고 보니 그게 있잖아?

"아저씨, 그럼 '녹왕의 피'는 어떨까요?"

"녹왕의 피……?"

"예, 오후에 정석진 마스터와 함께 들어가기로 한 EX급 게이트에서 얻을 수 있을 것 같은데요."

내 제안에 철만 아저씨는 잠시 침묵했다.

그러다가 돌아온 대답.

"뭐, 그…… 녹왕의 피도 그리 나쁘지 않겠구나. 크흠!"

"……?"

"장단점이 있겠지만 고려해 볼 만하다고 생각한다."

"혹시 녹왕의 피를 모르십니까?"

"안다."

"그럼 어디서 채취할 수 있죠?"

"흠흠……."

모르시는구나.

나는 피식 웃었고 아저씨는 아티팩트 명장으로서 자존심이 상한다는 표정이 되었다.

아저씨 놀리기는 못 참지.

"나중에 쓰임새를 하나씩 알려 드릴게요. 야수계에서도 꽤 까다롭게 사용되는 재료거든요. 모르실 수도 있죠."

"시끄러!"

"좋으시면서."

"……."

녹왕(鹿王)의 피.

즉, 사슴왕의 혈액.

특별한 조제 과정을 거치는 경우, 강력한 위험 회피 기능을 부여하는 에센스였다.

'이따가 천안에서 얻어 오면 딱 좋겠어.'

클랜원들에게 예고했던 대로 국내 게이트를 인정사정없이 없애 버리는 작업이 어제부터 시작되었고.

나와 정석진 마스터는 S등급과 EX급 게이트를 전담하는 식으로 움직이기로 했다.

그리고 오후로 스케줄이 잡혀 있던 EX급 게이트 '산맥 포식자의 대목장'.

이 게이트에서 녹왕의 피를 구할 수 있었으니.

"저녁에 가져오겠습니다. 공부 좀 시켜 드릴게요."

"건방진 녀석."

하지만 이런 나의 계획은 방해에 부딪치고 말았다.

실은 일찌감치 예상하고 있던 암초이기도 했다.

하나의 클랜이 게이트 레이드에 투입될 때는 꽤 많은 절차를 필요로 한다.

우선 클랜이 해당 게이트의 관리 주체(차원통제청이나 지방 자치단체)와 교섭하여 어떤 전투력을 투입할 것인지 통보해야 하고.

게이트가 성공적으로 공략된 뒤에는 어떤 보상을 주고받을 것인지 확약해야 한다.

그리고 자격을 갖춘 헌터들을 투입하는 것이다.

'공략 이후에 마력석을 채굴할 목적으로 스캐빈저들을 투입하든, 채산성이 떨어진다고 판단하고 그대로 폐쇄를 결정하든, 그건 추후에 따져 볼 문제란 말이지.'

분명 그랬는데……

"안녕? 오랜만이네, 백수현 마스터?"

"……여긴 어쩐 일로."

"세계 클랜 협의회에서 이 게이트를 '특별 채굴 대상'으로 지정했어. 그래서 클로저스 클랜에게 입장이 불가하다는 소식을 통보하려고. 유감이야."

상대는 아무렇지도 않게 절차를 무시하겠노라고 선언했다.

게이트는 일군의 헌터들에 의해 완벽하게 가로막힌 상태.

그들은 각자의 무기에 손을 올린 채 흉흉한 기세를 숨김없이 드러내고 있었다.

우리 클랜의 게이트 진입 절차를 감독하기 위해 대기하고 있던 공무원들은 엄청나게 당황한 얼굴로 서 있었다.

즉, 미리 협의된 작전은 아니라는 뜻.

나는 피식 웃었다.

"어이가 없군."

"미국에서 결정한 거니까 불만이 있으면 존 메이든한테 직접 얘기해."

"그래? 존 메이든이란 말이지?"

"레벨이 벌써 100이라며? 그럼 존 메이든쯤이야 별거 아니잖아?"

빈정거리는 상대.

나는 그녀를 말없이 응시했다.

그러자 여자의 입가가 파르르 떨리는 것이 보였다.

붉은손 클랜의 마스터 헌터, 진세희.

우리 사이엔 악연이 좀 있다.

내 옆에 있던 헌드레드가 슬쩍 나서며 말을 붙였다.

"못 본 사이에 조금 늙으셨네요, 진세희 마스터?"

"……뭐?"

"늙으셨다고요. 입가에 주름이 자글자글."

"이 새끼가!"

진세희가 감정을 드러내자 우리 측 헌터들 사이에서 실소가 피식피식 새어 나왔다.

가장 즐거워하는 녀석은 해청이었다.

-크크크크! 가성비를 아는 친구네! 주인의 세컨드다워!

'세컨드 헌터. 그냥 세컨드라고만 하면 이상하게 들리잖
아, 인마.'

-응, 응! 세컨드 헌터!

정말 유치하고도 효과적인 공격이었다.

애써 태연함을 가장하고 있던 진세희였지만 그 한 방에
평정을 잃은 듯했다.

여자의 얼굴에 불을 지른 것처럼 붉어진 그 순간.

"백수현! 네놈이 내 동생을 죽였어!"

나를 향한 분노가 거세게 터져 나왔다.

난 고개를 기울였다.

영원 모래 미로에서 죽은 진재욱?

"내가 아니라고 말했을 텐데."

그러나 진세희는 입꼬리를 비틀었다.

놀랍게도 나름의 근거를 가지고 있었다.

"이제 발뺌해도 소용없어. 난 증인을 확보했으니까."

"증인?"

"그래. 그때 그 자리에 있었던 증인!"

붉은손 클랜원들 사이에서 쭈뼛쭈뼛 걸어 나오는 헌터 한
사람.

그 얼굴을 알아본 나는 헛웃음을 짓고 말았다.

"너, 그때 그 통역이군?"

"그, 그렇습니다……. 제, 제가! 당신의 악행을 목격한 증인입니다……!"

증인을 자처하며 나타난 놈은 진재욱을 살해한 진범, 히카리가 데리고 있던 일본인 통역.

하지만 손을 덜덜 떨면서 내 얼굴을 제대로 바라보지도 못하고 있었다.

두려움에 질린 상태였다.

"용케 걸어 다니고 있네? 보통 그 모래 지옥에 빠지면 제정신을 유지하기가 힘든데. 아, 아닌가? 진범을 알면서도 엉뚱한 사람에게 뒤집어씌우는 걸 보니, 제정신이 아닌 것 같기도 하고."

"혀, 협박하지 마십……!"

"협박이 아니라 늦게나마 해 주는 조언이야. 감당할 수 있는 말을 했어야지."

꿀꺽.

마른침을 삼키는 목울대가 크게 요동치는 것이 보인다.

그뿐만이 아니었다.

붉은손 클랜원들이 일제히 한 걸음 뒤로 물러섰다.

히죽거리던 낯짝들이 보랏빛으로 질린다.

개중 약한 놈들은 눈알이 뒤집히기도 했다.

"마, 마스터!"

"백수현이…… 힘을……!"

그래, 그 말이 맞았다.

나는 붉은손 클랜원들을 향해 힘을 끌어 올리고 있었다.

[권능 : '늙은 산군의 기백'.]

여의도 병원에서는 그래도 일반인 기자들도 있고 하니까, 최대한 조절했지만…….

"여기선 그럴 필요 없지."

나는 산군의 기백을 한계점까지 일으켜서 그대로 터트렸다.

땅이 진동했다.

쿠웅…….

지표면이 가볍게 너울 쳤다.

마치 잠에서 깨어난 거대한 존재가 지하에서 꿈틀거리는 것처럼.

그리고 제 머리 위에 서 있는 인간들을 뒤늦게 발견한 것처럼.

이윽고 잊고 있었던 제 굶주림을 깨닫고 흉악한 아가리를 벌리는 것처럼…….

콰오오오오오-!

웅혼한 흉성을 내질렀다.

날카롭고도 아득한 소리는 지면을 찢고 튀어나와서 수직

으로 솟구쳤다.

청각으로 구현될 수 있는 최대치의 공포일 것이다.

붉은손의 헌터들은 경악에 빠졌다.

"우에에에엑!"

"그어어억……!"

"아악!"

토사물을 쏟아 내는 놈들.

오줌을 지리는 놈들.

당황해서 아무렇게나 무기를 뽑다가 옆 사람을 찌르는 놈들까지.

"개판이네."

"……히끅!"

내가 한 발걸음 앞으로 슬쩍 나서자 일본인 통역이 털썩 주저앉았다.

다리가 풀렸는지 도저히 일어서질 못했다.

저렇게 다리를 질질 끌면서 계속 도망치다 보면 엉덩이가 닳아서 사라져 버릴지도 모르겠다.

나는 그 불상사를 막기 위해 되물었다.

"누가 진재욱을 죽였지?"

"그, 그건……."

공포에 질린 놈은 제대로 말을 잇지 못했다.

그래도 진세희는 최고위급 랭커의 이름값을 하는지 기가

죽지 않았다.

"정말 내가 진재욱을 죽였나?"

내 입에서 남동생의 이름이 나오자, 그녀의 눈빛은 불길에다 기름을 끼얹은 것처럼 번쩍이기 시작했다.

누구든 산 채로 잡아먹을 것 같은 기세.

나와 여자 사이에 끼인 통역은 요동치는 턱을 간신히 움직였다.

"사, 사실은! 히, 히카리 헌터가……!"

그 순간 시뻘건 섬광이 번쩍였다.

그리고 놈의 사지가 축 늘어졌다.

나는 눈을 가늘게 떴다.

푹.

긴 화살 하나를 뽑아 쥔 진세희가 별안간 놈의 머리를 꿰뚫어 버린 것이다.

부서진 이마와 뒤통수에서 피와 뇌수가 펄펄 흘러나오고 있었다.

그 모습에 나는 조용히 세비지 에너지를 거두어들였고.

"진세희 마스터……?"

"……어째서 료헤이를?"

상황을 파악한 붉은손 클랜원 사이에서 경악이 천천히 퍼져 나가기 시작했다.

진세희의 표정은 잔뜩 일그러진 상태.

나는 조용히 웃었다.

'그래, 그럼 그렇지. 진실 따위가 뭐가 중요하겠어.'

무거운 시선이 나에게 쏟아지고 있었다.

그녀는 고집스럽게 말했다.

"증인의 정신을 지배하는 수작을 벌이다니."

"내가? 그런 적 없는데."

"닥쳐. 당장 게이트 안으로 들어와라, 백수현."

"왜지?"

"……지금부터 피로 피를 씻어야겠으니까."

"말은 번지르르하군."

장담할 수 있다.

이 여자는 처음부터 나를 쓰러뜨리겠다는 생각밖에 없었을 것이다.

최신우가 현장에 도착한 것은 아슬아슬한 타이밍이었다.

붉은손 클랜의 진세희가 일본인 통역의 머리통을 부수어 놓고, 최원호에게 선전포고나 다름없는 으름장을 놓았던 그때.

"뭐야? 무슨 일이에요? 왜 진입 안 했어요?"

그녀는 뒤늦게 나타났다.

최원호와 함께 게이트에 들어갈 계획으로 미리 와 있었던 정석진이 그녀를 반겼다.

"어서 오게, 한채미 헌터. 안산 쪽 게이트는 정리된 모양이지?"

"네, 딱히 채굴 작업도 안 했는데 마력석이 막 쏟아지더라고요. 덕분에 게이트 가격은 손해 보지 않고 충당될 것 같아요."

"그렇구먼. 듣던 중 다행스러운 일이야."

"사실 오빠의 예언이 그대로 이루어진다면 돈 같은 건 의미가 없겠지만요."

최원호는 열흘 안에 국내에서 게이트를 전부 지워 버리겠다고 공언했고, 그 말이 허언이 아님을 증명하듯 지금껏 숨기고 있던 자본력을 한꺼번에 풀어냈다.

각 지역의 클랜들이 보유하고 있는 게이트 사용 권리를 닥치는 대로 사들이기 시작한 것이다.

덕분에 클로저스 연합의 헌터들은 모두 발등에 불이 떨어진 것처럼 움직이고 있었다.

최신우 역시 마찬가지.

그녀는 전 소속사였던 블랙핑거 클랜원들과 함께 S등급 게이트 하나를 폐쇄시키고 오는 길이었다.

"아무튼 공략 완전 잘됐다고 자랑하려고 했는데, 분위기가 영 이상하네요? 무슨 일이죠?"

"음, 그게……."

미간을 잔뜩 찌푸린 정석진의 짧은 설명이 이어졌고, 최신우는 입을 딱 벌렸다.

"아니, 진재욱 그 자식 일을 또 끌고 와서 시비를 걸었다고요? 하, 적반하장이 선을 너무 넘네! 처음부터 뒤통수 때리려고 했던 놈이 누군데!"

그리고 일본인 통역이 붉은손에 가담해서 거짓 증언을 했다는 이야기에는 코웃음을 쳤다.

"와아, 진짜 졸렬하네! 너무 졸렬해! 그딴 개수작이 먹힐 거라고 생각했나 보죠?"

하지만 정석진은 고개를 저었다.

"한채미 헌터, 저들의 수작이 먹히든 안 먹히든 사실 그건 중요하지 않아."

"네?"

"진세희가 네 오빠에게 도전했고, 네 오빠는 그걸 거부하지 않을 거다. 그리고 이 게이트는 인원 제한이 '2인'이야."

"2인? 2명요?"

"그래. 이렇게 적대적인 관계로 진입한다면, 둘 중 하나는 살아서 나오지 못할 가능성이 100%에 수렴한다는 뜻이야."

"……!"

정석진의 말대로였다.

붉은손의 클랜원들은 살벌한 표정으로 길을 열고 있었다.

앞서 존 메이든의 명령에 의해 게이트를 통제하겠다고 선 언했던 것이 무색하게, 최원호의 입장을 허용하겠다는 태도 였다.

"아니, 저 미친놈들이 진짜……!"

그건 자신감이었다.

게이트의 인원 제한을 이용해서 최원호와 진세희의 맞대 결을 유도하고, 결과적으로 자기들이 승리를 거둘 수 있다 는 자신감의 표현.

'진짜 게이트 안에서 오빠를 죽일 수 있다고 생각하는 건 가?'

그때였다.

상대와 살벌한 눈빛을 교환하던 최원호가 고개를 돌려 최 신우를 바라보았다.

가만히 손짓하는 모습에 그녀는 냉큼 달려갔다.

뭔가 도움을 필요로 하는 걸까?

하지만 최원호는 심드렁한 얼굴로 턱짓했다.

"마침 잘 왔네. 클랜원들 좀 통솔해라. 정석진 마스터랑 같이 움직이면 돼. 헌드레드는 서해안 쪽으로 가야 하니까, 네가 세컨드 헌터 대행 좀 해."

정말이지 아무렇지 않은 표정으로 클랜 업무에 대해 지시 를 내리고 있었다.

위기감이라고는 단 1mg도 없는 눈빛.

상대가 뭘 준비했는지도 모르는 상황인데 패배 따위는 상상도 하지 않는 태도였다.

"아니, 오빠."

"뭐."

"……아니다, 됐다."

무어라 말하려 하던 최신우는 한숨을 내쉬며 손을 내밀었다.

그러자 아공간이 벌어지며 뭔가를 툭 토해 냈다.

그녀가 최원호에게 내민 것은 한 자루의 지팡이였다.

〈번개 맞은 주목 지팡이〉

[S등급][지팡이] 폭풍우가 몰아치던 새벽을 버티던 주목에 거대한 뇌전이 꽂혔다. 이 지팡이에는 그 재액의 여력이 여전히 남아 있기에 아주 강력한 정신력의 소유자만이 다룰 수 있다.

귀속 스킬 : 뇌체화

효과 : 민첩 +3

"이건……?"

일명 '번주팡'.

물건을 알아본 최원호의 눈빛이 어두워졌다.

마법 지팡이로서는 대단히 이상한 스킬을 내재하고 있는 S등급 아티팩트.

원래 이 물건의 주인은 도윤수였다.

"이상해 보이지만 사실은 꽤 좋은 지팡이지."

"맞아."

최원호가 가볍게 마력을 불어 넣자 지팡이 끝에 창백한 빛이 서렸다.

시작된 광선은 터져 나가지 않았다.

오히려 힘을 불어 넣는 손안으로 빨려 들어가듯 이어졌다.

최원호는 희미한 부유감을 느낄 수 있었다.

뇌체화.

착용자의 존재 위상에 강력한 뇌전의 속성력을 부여하여 순간적으로 '뇌체'라는 특이 상태를 입힘으로써, 모든 물리 타격을 회피할 수 있도록 돕는 스킬.

'사실 이건 마법사가 사용하기에는 조금 과할 정도로 위력적인 회피 기술이지만…….'

도윤수는 이를 십분 이용하여 회복술사이면서도 상당한 기동력과 근접 전투력을 보여 주었다.

저평가된 아티팩트를 잘 영리하게 활용하던 도윤수.

그 모습을 누구보다 선명하게 기억하고 있었던 최원호였기에, 씁쓸한 표정이 될 수밖에 없었다.

"너 설마 윤수를 포기한 건 아니겠지? 마냥 좋은 일은 아니지만, 그래도 '융합'에 성공했다며?"

"당연히 포기하지 않았어. 근데······."

"근데?"

미심쩍게 되묻는 말에 최신우는 애써 밝게 웃음을 지어 보였다.

"지금은 도윤수도 오빠가 이 지팡이를 쓰는 게 맞다고 판단하고 있을 거야. 진세희가 뭘 준비했을지는 오빠도 모르잖아? 비장의 한 수라고 생각해."

"······."

그 말에는 최원호도 할 말이 없었다.

여동생이 어떤 일을 겪었는지 대강 알고 있었기에 더는 사양하지 못하고 지팡이를 받아 두기로 했다.

하지만 한 가지는 반박할 부분이 있었다.

"아마 진세희도 비장의 한 수를 가지고 왔을 거야. 날 생포하고 싶어서 안달이 났을 테니까."

"생포? 오빠가 그런 걸 어떻게 알아?"

"왜 내가 모른다고 생각하냐?"

"······응?"

"난 쟤가 뭘 노리는지 알고 있어. 너무 뻔하거든."

"오빠가 진세희의 노림수를 알고 있다고? 어떻게?"

"간단한데. 내가 아는 만큼 쟤도 알고 있다고 생각하면 돼. 그럼 뭘 하려고 할지 추측할 수 있단다, 어리석은 동생아."

"그게 무슨······!"

최신우는 미간을 찌푸렸다.

도무지 말이 되지 않는 말이었으니까.

"그럼 저쪽도 오빠가 생각하는 것을 생각하고 있으면? 서로 가위바위보를 하는 상황이나 다름없잖아? 수 싸움 자체가 무의미한 것 같은데?"

하지만 거기에 대한 대답은 돌아오지 않았다.

최원호는 '번주팡'을 품속에 넣으며 딴 소리를 했다.

"혹시 세현이가 흔들리는 것 같으면 뺨이라도 한 대 때려. 그렇게 해서라도 엉뚱한 생각 못하게 해. 내가 없으면 네가 애들 다잡아야 되는 거야."

그 말에 최신우의 표정이 살짝 변했다.

순간 불안감이 엄습한 탓이었다.

"오빠, 왠지 플래그 세우는 거 같다? 또 4년쯤 다른 차원에서 살다가 돌아오려는 건 아니겠지?"

"……."

"오빠! 왜 말이 없어!"

"알았어. 장난이야. 안 그래. 그냥 해 본 말이야."

"진짜지? 어디 가는 거 아니지?"

"아니라니까."

거듭 확인을 받고서야 최신우는 한숨을 내쉬었다.

이미 전적이 있는 오빠를 곧이곧대로 신뢰하기란 그리 쉽지 않은 일이었다.

"알았어. 내가 세현이 뺨도 때리고 엉덩이도 걷어찰게. 어떻게 해서든 데려올 테니까 걱정 마."

"그래. 그리고 클랜원들도 통솔하고."

"알았어. 계획대로 게이트 공략하고 폐쇄시키면 되지?"

"응. 그것만 하면 돼. 쓸데없이 내 걱정은 하지 말고."

"뭐야? 기껏 생각해 줬더니."

"수고해라."

"오빠도."

최원호는 게이트 앞으로 향했다.

마주한 진세희의 표독스러운 눈빛을 무시하며 그는 입을 열었다.

"입장."

그러자 거대한 빛이 쏟아졌다.

[안내 : 어지러움에 주의하십시오.]

[알림 : EX급 게이트 '산맥 포식자의 대목장'에 입장했습니다.]

❧

진세희는 최원호보다 한발 늦게 게이트에 들어왔지만 아무렇지도 않았다.

'이 게이트, 무작위 입장이라고 했었지?'

곧바로 부딪칠 일이 없다는 것을 이미 알고 있었으니까.

그녀는 오히려 입가에 비릿한 웃음을 짓고 있었다.

수하들에게 이 웃음을 숨기기가 쉽지 않았다.

'김서옥 청장이 이야기해 준 대로만 된다면, 저놈의 목을 따는 건 손바닥 뒤집기나 다름없어.'

한국의 차원통제청장이었던 김서옥이 CBDC의 한국 지부장으로 부임한 뒤.

그녀는 어마어마한 정보들을 퀸쿼러스 연합에 안겨 주었다.

그중에는 아직 들어가 본 적조차 없는 게이트에 대한 정보들도 있었다.

진세희가 받은 서류철 역시 그러했다.

〈3급 기밀 – 게이트 공략 정보〉

명칭 : 산맥 포식자의 대목장

등급 : EX급

수용 인원 : 2명

제한 시간 : 25일 추정

특이 사항 : 무작위 입장

미션 : 모든 '사슴' 처치, 미니 보스 사냥, 보물 탐색.

설명 : EX급 중에서 상대적으로 쉬운 편에 속하는 게이트. 거대한 평야와 산간 지형으로 이루어져 있으며, 게이트 보스(별첨 문서

참조)는 사실상 사냥이 불가능하다고 판단…….

'……대체 어떻게 이런 정보를 줄 수 있는 거지?'

진세희를 비롯한 클랜 마스터들은 몹시 당황했다.

이건 한두 번 정찰에 성공한다고 해서 얻어 낼 수 있는 수준의 정보가 아니었다.

당연히 그 진위를 의심하는 이들도 있었다.

하지만 대부분은 깨달았다.

대세가 기울었음을.

그리고 자신들이 소 뒷걸음질에 쥐를 잡듯 그 흐름에 편승했음을.

　 -존 메이든도 신인류를 선택했어!

　 -역시 우린 틀리지 않았단 거야!

　 -이대로 새로운 세계의 상류층이 되는 것도 좋겠는데?

각자의 기대와 욕망으로 '신세계'를 기다리고 있었다.

진세희는 특히 남다른 감정을 가지고 있었다.

'백수현. 이상하게도 그 자식이 나타난 뒤로 모든 게 변했어.'

무진 그룹과 올노운이 이탈하면서 국내 경쟁에서 우위를 가져가는가 싶었는데.

놈이 갑자기 사하라 사막에 출사표를 던지더니 전 세계를 깜짝 놀라게 할 만큼 어마어마한 성적을 거두어 왔다.

직접 클랜까지 창설한 '백수현'은 이제 판 전체를 흔들고 있었다.

국내 클랜 마스터들에게는 미칠 노릇이었다.

그러니 퀸쿼러스 연합의 창설은 지극히 당연한 사건이었다.

"어차피 대세는 신인류에게 흘러가게 되어 있고, 우린 거기에 올라타야 해. 놈이 반기를 든다면 당연히 찍어 낼 수밖에."

혈육으로서 동생의 죽음이 가슴 아프긴 했지만, 돌이켜 보면 그 죽음은 일종의 '계기'였다.

올노운 이후로 가장 강력한 경쟁자가 될지도 모르는 상대를, 아주 자연스럽게 제거할 발판을 만들어 준 것.

야속하지만 진재욱의 죽음은 딱 그 정도였다.

"흠."

이윽고 게이트의 전경이 그녀의 눈앞으로 펼쳐졌다.

2인 입장 제한이 걸린 EX급 게이트.

〈산맥 포식자의 대목장〉

[게이트] 산과 산으로 이어지는 거대한 땅의 줄기를 지배하는 어떤 존재는, 자신의 목장 안에서 벌어지는 일체의 다툼을 용납하

지 않습니다. 그의 눈을 피해서 그의 소유물들을 사냥하십시오. 어쩌면 뜻밖의 수확을 거둘지도 모릅니다.

등급 : EX급

미션 :

1. 대목장에 존재하는 모든 '사슴'을 처치하십시오.

2. 미니 보스. 반인반록 '호그루마'를 제압하십시오.

3. 대목장에 숨겨진 '특별한 보물'을 획득하십시오.

현재 상태 : 공략을 기다리고 있습니다. 남은 시간은 15일 11시간 13분입니다.

아삭, 아삭, 아삭……

험준한 산세 사이로 펼쳐진 드넓은 평원 이곳저곳에서 거대한 뿔을 가진 초식 동물들이 풀을 뜯고 있었다.

김서옥이 전해 준 정보 그대로였다.

"저게 그 사슴들이군."

마치 해외 어딘가의 광활한 자연 환경을 취재한 다큐멘터리의 한 장면처럼 보였다.

하지만 이곳은 EX급 게이트다.

그 말은 이 게이트의 수준이 비범함을 넘어 고유함에 이르렀다는 뜻.

'아무것도 아닌 듯이 보이는 사소한 요소들도, 게이트 공략에 연관이 있을 수 있다.'

예측할 수 없는 몬스터들의 행동 패턴.

단서가 없는 고난도 미션들.

이 지형에 지천으로 깔려 있는 크고 작은 방해물들을 극복하다 보면 제아무리 대단한 헌터라도 빈틈이 드러날 수밖에 없을 것이다.

진세희는 그 순간을 이용하여 '백수현'을 거꾸러뜨릴 계획이었다.

"……팔다리를 잘라서 가져가 주마."

그녀는 비릿한 웃음을 지으며 사슴들을 향해 다가갔다.

최신우와 정석진이 이끄는 클랜원들은 한반도 남쪽으로 이동하기 시작했다.

세컨드 헌터인 헌드레드가 서해안 일대를 훑으며 내려가는 사이.

두 사람은 내륙의 게이트들을 차례로 공략하며 진군했다.

마력석 채굴 따위의 '가치 창출 사업'은 일체 하지 않는다.

오로지 게이트의 미션을 끝내고 디멘션 하트를 파괴하는 것에만 최선을 다하는 극단적인 형태의 원정.

[오늘의 공략] 클로저스 클랜의 파격적인 행보! 유광명 청장 대행의 힘 실어 주기…… 왜?

[데일리 게이트] 의문의 집단 '클로저스 연합', 실체는 게이트 반대 단체?

[마이 히어로] 〈특집〉 클로저스, 그들은 무슨 목적으로 게이트를 박멸하려 하는가?

언론은 그 행보에 의문을 표하고 있었고…….

─하.. 님들.. 우리 클랜장이 클로저스한테 게이트 다 팔고 한 1년만 쉬자는데.. 이게 사람 새긴가 싶다..

─ㅋㅋㅋㅋ우린 클랜원들이 게이트 다 팔자고 떼쓰는 중ㅋㅋㅋㅋ 커리어는 개나 준 욜로 헌터쉐키들ㅋㅋㅋㅋㅋ

─않이.. 클로저스 왜 저러는 거임?? 마력석 다 캐서 팔아도 이득이 안 나오는 가격이던데..?

─사장님이 미쳤어요!!!!!!!!

─ㄴ얼ㅋㅋㅋㅋㄹㅇㅋㅋㅋㅋㅋㅋ

다른 클랜들은 언제 어떤 가격에 게이트를 매각하면 좋을지 고민하는 중이었다.

몇몇은 가격을 올려 받기 위해서 타이밍을 늦추고 있었으나, 대부분은 서둘러 권리를 매각할 계획이었다.

나름의 계산이 있었기 때문이다.

'클로저스가 어디서 돈이 나는지는 모르겠지만 곧 바닥을 드러내겠지? 그럼 그전에 팔아야 한다!'

하지만 이것은 최원호가 휘두르는 금력의 최대치를 알지 못했기에 세운 어설픈 계산이었다.

최원호의 수중에는 암시장을 털어서 번 거액도 있었지만…….

사실 지금은 다른 클랜들의 자금력까지 총동원하여 함께 사용하는 중이었다.

클로저스 연합에 가담하고 있는 3개의 클랜들.

이스케이프, 블랙핑거, 율탄.

율탄의 클랜 마스터인 '워해머' 또한 적극적인 태도로 최원호의 작전에 가담하고 있었다.

이러한 상황에 의문을 표하는 기사가 올라오기도 했다.

[헌터 포커스] 국내 5위 '율탄'… 왜 퀸퀘러스가 아닌 클로저스를 택했나?

사실 이는 최원호에게도 의아한 대목이었다.

'워해머'는 자신과 전혀 안면이 없는 인물이었고, 단지 정석진의 설득과 제안을 받고 합류한 입장이었으니…….

혹시 신인류가 보낸 세작이 아닐까 의심스럽기까지 했다.

하지만 당장은 신경 쓸 수 있는 상황이 아니었기에 두고 보자는 생각이었다.

어쨌거나 도합 4개의 클랜이 쥐고 있던 어마어마한 자본력이 하나로 합쳐진 결과…….

[BCC Gates] 'Closers Union' 전례가 없는 게이트 폐쇄 프로젝트 진행 중!

[더 가디언즈] 게임 체인저가 나타났다? 파죽지세의 '클로저스' 한계는 어디……?

[게이트 타임즈] "게이트 종결자의 탄생" 도대체 이들의 목적은 무엇인가?

[D-news] S.Korea, 세계 최초의 게이트 청정국을 노린다.

클로저스 연합은 계획대로 차곡차곡 게이트들을 지워 나가고 있었다.

해외 언론들이 일제히 주목할 만큼 빠른 속도.

그렇게 충청도 일대를 통과하여 전라도 지역까지 가시권에 들어왔을 때.

"……긴히 드릴 말씀이 있는데, 백수현 마스터께서는 어디 계신가요?"

창백한 얼굴의 한겨울이 최신우의 앞에 나타났다.

[안내 : 제한 시간 내에 게이트를 공략하십시오.]

[경고 : 공략되지 않은 게이트는 역류할 수 있습니다.]

[안내 : 남은 시간은 15일 10시간 58분······.]

우우우우우-!

어디선가 늑대들이 울부짖는 듯한 소리가 들려온다.

최원호는 그 소리를 들으며 천천히 산길을 오르고 있었다.

그러다가 뒤를 슬쩍 돌아보자, 풀을 뜯던 사슴들이 하나같이 동작을 멈춘 것이 보였다.

모두 석상처럼 움직임을 멈춘 채 이쪽을 응시하고 있었다.

"······."

"······."

기괴한 침묵에 소름이 돋는 듯했다.

하지만 최원호는 조용히 돌아섰다.

'어차피 사슴들은 선공 몬스터가 아니야.'

멈추지 않고 더 높은 곳으로 이동했다.

가장 먼저 이 게이트의 첫 번째 미션을 해결하기 위해서였다.

그의 경험에 따르면, 이 EX급 게이트는 상당히 골치 아픈 곳이었다.

첫 번째 미션의 표현부터 그것을 암시하고 있었다.

1. 대목장에 존재하는 모든 '사슴'을 처치하십시오.

가만히 곱씹어 보면 여타 게이트와 판이하게 다른 지점이었다.

'최대한 많은 적을 처치해라', 또는 '적을 제압해라'.

이것이 다른 게이트들의 표현 방식이었다.

그런데 굳이 '사슴'을 꼬집어서 말했다는 것.

'꼭 사슴부터 사냥해야 할 것처럼 암시를 준단 말이지. 가장 쉬운 미션인 것처럼.'

하지만 이 부분이 함정이다.

사슴들부터 손을 대는 순간 일이 꼬인다.

실은 공략 순서를 거꾸로 해야만 했던 것이다.

최원호는 야수계에서의 공략 경험을 통해 이 부분을 확실히 인지하고 있었고, 그렇기에 산을 오르는 중이었다.

그때 다시 한 번 더.

아우우우우우우-!

늑대들의 울음소리.

'첫 번째 함정.'

최원호는 저들이 늑대가 아님을 잘 알고 있었다.

목장 곳곳에 배치되어 있는 경비견들이었다.

이 게이트의 지배자가 사슴들을 지키기 위해 깔아 놓은 맹견들이, 마치 침입자에게 경고하듯이 하울링을 터트리고 있었다.

'어지간한 S등급 게이트 보스만큼이나 강력한 몬스터들이야.'

강력한 탐지 능력을 갖추고 있는 탓에 어디선가 사슴들이 울기 시작하면 무조건 반응하여 달려오며…….

각개의 전투력은 레벨 90 정도에 이르는 최상급의 가디언 몬스터들이기도 했다.

차륜진을 이용한 합공까지 완벽하게 구사하기 때문에 무척 까다로운 상대였다.

하지만 까다로운 만큼 무력화시키기만 하면 게이트의 난이도를 확 끌어내릴 수 있는 요소.

바로 이 지점부터 파고드는 것이 최원호의 방식이었다.

"가만. 이쯤인데……?"

멈춰서 두리번거리던 그의 시선이 골짜기 구석에 닿았다.

얼핏 보자면 상당히 이상하게 생긴 구조물 다섯 개.

'찾았다.'

그곳에 놓여 있는 것은 거대한 돌그릇들이었다.

시스템 메시지가 힌트를 주듯 반짝였다.

[정보 : 잘 훈련된 짐승의 먹이 그릇입니다.]

즉, 개밥그릇.

바로 이것들이 사나운 경비견들을 무력화시킬 단초였다.

'명령받은 대로 자리를 지키는 놈들을 불러들일 유일한 미끼지.'

텅 비어 있는 돌그릇에 먹을거리를 올려놓기만 하면 게이트 전역에 퍼져 있던 경비견들이 일제히 몰려올 것이다.

그렇게 설계된 놈들이니까.

어마어마한 탐지 능력을 가지고 있기에 각자의 밥그릇에 뭔가 채워졌다는 사실까지 순식간에 알아차릴 수 있었다.

채울 것들은 이미 충분히 준비되어 있는 상태.

최원호는 아공간 주머니를 열었다.

〈수상한 개 사료〉

[식량] 고소한 고기 냄새가 풍기는 개 사료. 미묘한 시약의 냄새가 섞여 있는 것 같기도 하다.

효과 : 상태 이상 '심각한 졸음'을 유발한다.

갈색의 사료가 그릇 위에 와르르 쏟아부어졌고, 돌그릇 위로 작은 언덕들이 만들어졌다.

작업을 마친 최원호는 손을 탁탁 털며 몸을 일으켰다.

이제 됐다.

'이대로 잠시 기다리기만 하면……'

컹컹컹컹컹-!

크구구구구구……

요란한 개 짖는 소리와 함께 지축이 흔들리기 시작했다.

동시에 느껴지는 강렬한 압박감.

등골이 쭈뼛 설 만큼 강력한 존재들이 이곳을 향해 달려오는 것이 느껴졌다.

최원호에게는 콧속이 간질거리게 만드는 털북숭이들이었다.

'킹 셰퍼드.'

숲속에서 나타난 시커먼 경비견들은 거의 집채만 한 몸체를 자랑하는 것들이었다.

어지간한 아프리카 코끼리 서너 마리를 합친 것처럼 거대한 괴수들은 시뻘건 혀를 아래로 늘어뜨린 채로 성큼성큼 다가왔다.

개들이 너무 크니까 비현실적으로 보인다.

최원호는 피식 웃었다.

'수인 헌터들도 별로 좋아하진 않았지. 기간틱 효과는 만능이 아니라면서.'

하지만 하나 분명한 점은 어마어마하게 위압적으로 보인다는 것.

그는 되도록 천천히 뒤로 물러섰다.

경비견들도 밥은 준 존재에게는 일단 얌전하게 둔다는 사실을 알고 있었지만.

"……."

그냥 자연스럽게 그렇게 됐다.

다섯 마리의 킹 셰퍼드를 사냥하라면 못할 것은 없겠지만, 피를 볼 수밖에 없으니 조심스럽게 움직여야만 했다.

거대한 맹견들은 각자의 그릇에다 주둥이를 처박았다.

그리고 힘차게 사료를 씹어 대기 시작했다.

우적, 우적, 우적!

조금 떨어진 채로 그 모습을 지켜보면서 최원호는 소리의 리듬에 집중했다.

사료에 섞어 둔 약의 효과가 제대로 도는지 확인할 차례였다.

얼마나 먹었을까.

슬슬 그릇의 바닥이 보일 때가 됐는데?

우적, 우적…… 우, 적…….

씹는 동작들이 서서히 느려진다.

기대했던 대로였다.

개중 한 마리는 대가리를 번쩍 쳐들더니 한 차례 크게 휘청거리기도 했다.

하지만 모두 끝까지 사료를 해치웠다.

사료 그릇의 바닥이 드러났음을 알아차린 최원호는 꼼짝도 않고 상황을 주시하고 있었다.

'자, 쓰러져라! 쓰러져!'

하지만 순간 개들의 눈동자가 스르륵 움직였다.

최원호를 훑는 것이다.

"……."

들짐승 특유의 서늘한 기세와 몽롱한 약 기운이 한데 뒤섞여, 도대체 무슨 생각을 하는지 알기 어려운 눈빛이었다.

최원호는 품속의 지팡이를 가볍게 움켜잡았다.

'야성은 이런 순간에 송곳처럼 갑자기 뚫고 나오는 법이지.'

누구보다 그것을 잘 알고 있던 최원호는 세비지 에너지까지 장전해 둔 상태였다.

여차하면 근접 교전을 개시해야만 했다.

하지만 킹 셰퍼드들은 일제히 무릎을 꿇었다.

쿠웅-.

"……좋아, 됐군."

약효가 제대로 먹힌 것이다.

킹 셰퍼드들이 수면 상태에 빠졌음을 확인한 최원호는 곧바로 다음 단계로 들어갔다.

목장을 지키는 개들이 무력화되었으니 다음은 먹잇감들을 불러 모을 차례였다.

바로 그때.

"그래, 그럴 줄 알았어. 백수현."

불청객이 등장했다.

놀랍게도 킹 셰퍼드 한 놈의 뒷목 근처에 몸을 감추고 있던 진세희가 모습을 드러내고 있었다.

고개를 들어 올린 최원호는 이렇다 할 반응을 보이지 않았다.

"너무 쉽네."

그저 작게 중얼거렸을 뿐.

진세희는 그 말을 듣지 못했고, 막 잠에 빠진 킹 셰퍼드의 머리를 밟고 일어나서 입술을 비틀었다.

"설마 여기 개밥그릇의 이용법을 아는 헌터가 너밖에 없을 것이라고 생각한 건 아니겠지?"

"……."

"오만하기는."

여자는 히스테릭한 웃음을 터트리며 손을 움직였다.

마치 앞서 게이트에 들어오기 전에 그 일본인 헌터에게 했던 것처럼.

콰직!

크고 두꺼운 철시(鐵矢) 하나를 뽑아 힘차게 내리꽂은 것이다.

깨갱!

킹 셰퍼드는 거대한 덩치에 어울리지 않는 비명을 지르며 펄쩍 뛰었다.

그러나 이건 시작에 불과했다.

"어디 한번 감당해 봐!"

끼긱, 핑! 피잉!

순식간에 활을 쥔 진세희가 속사를 쏟아 냈다.

그녀는 최고 수준의 궁수답게 넉 대의 화살을 단숨에 쏟아부었고…….

깽!

끼에엑!

결국 모든 킹 셰퍼드들이 깨어났다.

두개골에 구멍을 내며 박히는 일격은 가물거리던 괴물들을 일으켜 세우기에 충분했던 것이다.

그르르르르르!

통증으로 인해 약효가 날아가자 맹견들은 눈알을 데굴데굴 굴리며 송곳니를 드러냈다.

희생양은 처음부터 정해져 있었다.

"흐흐흐……."

"……."

화살을 쏜 장본인은 어찌된 영문인지 경비견들의 탐지 능력을 무시하듯 매달려 있는 상태.

킹 셰퍼드들은 당연하다는 듯이 최원호를 향해 돌진했다.

쿠구구구구구—!

완력마저 상식을 벗어난 네발 괴수들.

짓밟히는 지표면은 으스러지듯이 요동쳤다.

킹 셰퍼드들은 이대로 산을 찍어 눌러서 없애 버릴 것처럼 어마어마한 기세로 달려들고 있었다.

그러나 그때.

"단순해서 참 좋네."

최원호는 물러서지도 않았다.

그 자리에 가만히 선 채로 힘을 사용했다.

[알림 : '신성'이 전개되고 있습니다.]

바로 게이트 자체를 통제하는 힘.

지금 가장 쉬운 방법은 길을 없애는 것이다.

훅.

순간 산의 경사로가 아래로 푹 꺼졌다.

그리고 시커먼 공극이 되어 킹 셰퍼드들을 집어삼켰다.

산 중턱이 뚝 잘려 나가며 거대한 벼랑이 만들어졌다.

아무런 예고도 없이 시작된 추락.

"뭐, 뭐야!"

당황한 진세희는 킹 셰퍼드의 머리를 눌러 밟으며 급히 몸을 띄웠다.

그리고 상대는 그 틈을 놓치지 않았다.

작전이 꼬였음을 깨달은 진세희가 반대 방향으로 도주하기 위해서 잽싸게 몸을 돌린 그 순간.

[스킬 : '뇌체화'.]

최원호의 그림자가 청백색으로 번쩍였다.

이미 움직임을 따라붙고 있었다.

레인저로서 어마어마한 순간 가속력을 자랑하는 진세희였지만-.

"컥……!"

최원호의 손아귀는 이미 진세희의 뒷덜미를 잡아챈 상태였다.

그리고 그녀의 머리통을 바닥에다 힘차게 내동댕이쳤다.

콰직!

＊

단단한 바닥에 여자의 머리가 처박히자, 수박을 터트리는 것처럼 끔찍한 소리가 울려 퍼졌다.

그러나 진세희는 튕기듯 몸을 일으켰다.

최원호 또한 그녀가 그대로 쓰러질 것이라고는 생각하지

않았다.

제법 대미지가 들어가기야 했겠지만, SSR급 헌터를 일격에 쓰러뜨릴 치명타가 될 수는 없었다.

"저리 꺼져!"

진세희는 코피를 흘리면서도 몸을 띄우는 것과 함께 상체를 반대로 뒤틀었다.

조준점은 이미 정렬된 상태.

활대에 화살이 걸리고 활줄이 세게 당겨진다.

그리고 여헌터의 손끝에 마력이 응집했다.

화살이 시위를 떠나 쏘아진 순간.

[스킬 : '봄버 애로우'.]

콰아아앙!

최원호의 발밑이 터져 나가면서 격렬하게 땅거죽을 헤집었다.

'됐어!'

상대가 제대로 반응하지 못했음을 확인한 진세희는 연달아 노림수를 전개했다.

비산하는 흙더미들을 이용해서 순간적으로 시야를 막은 것은 시작에 불과했다.

다음은 직접 타격.

[스킬 : '사일런스 애로우'.]

……!

소리도 없는 저격을 쏘아 내어 목을 노린 것이다.

최원호는 온몸의 급소들을 융견으로 방어하고 있었지만, 개중 목만큼은 방어가 약한 편이었다.

이는 빠른 움직임을 장기로 삼는 헌터들의 공통적인 빈틈이기도 했다.

'다른 부분은 몰라도 목을 움직이려면 보강이 어려우니까.'

그렇기에 진세희는 확신했다.

깊게는 아닐지언정, 딱 한 방은 먹일 수 있을 것이라고.

순간적으로 놈이 주춤하는 사이에 거리를 만들고 재정비를 할 심산이었다.

하지만 다음 순간.

탁.

"……?"

뭔가 이상한 소리가 들려왔다.

흙먼지 속에서는 신음이나 비명이 들려야 했는데.

'탁?'

이게 뭘까?

의문이 채 가시지 않은 그때, 화살이 되돌아왔다.

퍽!

"아악!"

진세희의 허벅지에 화살이 꽂히면서 뜨거운 통증을 일으킨 것이다.

그녀는 당황했다.

방금 직접 쏘아 보낸 화살이 어떻게 돌아와서 박힌 것인지 이해할 수가 없었다.

주춤주춤 물러서는 그녀를 향해 남자의 음성이 날아들었다.

"도망치고 싶으면 도망쳐 봐. 최선의 노력을 다해서."

"……!"

흙먼지가 가라앉으며 남자가 손을 내려뜨리는 것이 보였다.

최원호는 눈높이까지 들어 올렸던 오른손을 아래로 내리고 있었다.

그 모습이 의미하는 바를 알아차린 진세희는 하마터면 활을 놓칠 뻔했다.

'뭐야? 내 화살을 낚아채서 던진 거야? 그게 나한테 박혔다고?'

가능할 리가 없다.

절대 불가능한 일이었다.

이건 인간의 한계를 아득히 뛰어넘은 SSR급 헌터로서도 도저히 상상할 수 없는 일이었다.

"끄윽."

허벅지에서 화살을 과감하게 뽑아낸 그녀는 다시 한번 활시위를 당겼다.

조준점이 파르르 흔들리지만 애써 집중력을 일으켰다.

불필요한 힘을 버리고, 이번에는 놈의 정면을 향해.

　　[스킬 : '크리티컬 애로우'.]

피아아아아아아앙-!

가장 강력한 사격이 이루어졌다.

진세희가 가지고 있는 저격 스킬 중에서도 가장 강력한 위력을 가진 기술이었다.

강화된 화살촉이 공기를 찢으며 끔찍한 소리를 내기 때문에 '지옥의 활'이라고도 불리는 기술이었다.

하지만 믿을 수 없는 광경이 벌어졌다.

탁.

상대의 눈빛이 한차례 번쩍이는가 싶더니, 순간 번개처럼 왼팔을 움직여서 화살대를 잡아챘다.

그리고 또 되돌아왔다.

쉬익!

"아악!"

어떠한 예비 동작도 없이 집어던진 화살은 진세희의 어깨를 꿰뚫었다.

고통도 고통이었지만, 그녀는 기절할 만큼 놀랄 수밖에 없었다.

'진짜 이게 된다고? 화살을 손으로 잡아서 되돌려 보내는 공격 같은 게 정말로 가능한 거였어?'

너무나 비현실적인 상황에 정신 현혹을 당한 게 아닐까 의심스러울 지경이었다.

그러나 부서진 어깨에서 느껴지는 격렬한 고통은 이것이 분명 현실임을 증명하고 있었다.

"하윽!"

그녀는 어금니를 악물면서 화살을 뽑아냈다.

핏물이 팔과 몸통을 타고 줄줄 쏟아져 내린다.

크리티컬 애로우는 가능한 한 깊게 파고들어 최대한의 피해를 입히기 위해 만들어진 것이었다.

동시에 최악의 고통을 주기 위해 만들어진 무기.

효과는 확실했다.

"끄으으으……"

[알림 : 상태 이상 '과다 출혈'이 발생합니다!]

[경고 : 움직임이 둔화됩니다!]

[경고 : 마력 활성도가 떨어집니다!]

하지만 진세희는 몸을 바로세우며 다시 한번 화살을 메겼다.

고통스러웠지만 체내의 마력을 일순하자 통증은 그럭저럭 줄어들었다.

잔뜩 얼굴을 구긴 그녀는 최원호를 향해서 활시위를 강하게 당겼다.

"다가오지 마. 한 발짝도 다가오지 마!"

"안 움직이고 있는데."

자신의 말대로 최원호는 선 자리에서 조금도 움직이지 않은 상태.

그럼에도 불구하고 진세희는 어마어마한 압박감을 느껴야만 했다.

꼼짝도 하지 않는 상대가 시시각각 가까워지는 듯했다.

"하악, 하악……!"

"……."

그리고 최원호는 숨을 몰아쉬는 여헌터를 말없이 관찰하고 있었다.

결론을 내렸다.

"넌 레벨 150이 되더라도 날 못 이겨. 아니, 200이 되어도 마찬가지겠어."

"뭐, 뭐?"

"싸움에 집중을 못 하잖아."

"내, 내가 집중을 못 해?"

"응, 전혀 못 하는데? 딴생각만 하는 게 눈에 보여. 안쓰러울 지경이야."

"무슨 개소릴……!"

"그러니까 더 열심히 해 봐."

"이런 건방진 새끼가!"

"아니면 내가 갈까?"

"……!"

최원호의 오른팔이 사선으로 움직였다.

허리께에 걸려 있던 칼집을 툭 쳐서, 해청의 칼날이 아래로 쑤욱 뽑혀 나온 순간.

진세희는 본능적으로 몸을 날렸다.

'위험하다.'

상대는 여전히 그 자리에서 움직이지 않았으나 시커먼 칼날은 바로 코앞까지 날아들고 있었다.

마치 살아 있는 것처럼 회전하는 칼날.

서걱!

진세희의 귓불이 성큼 잘려 나가며 또다시 피를 쏟아 냈다.

그러나 허벅지와 어깨를 내주었을 때보다는 훨씬 적은 피였다.

즉, 기민한 반응.

"이제 좀 집중하네."

최원호가 고개를 끄덕이며 해청에게 손짓했다.

이번에는 칼날의 그림자가 등 뒤에서 짓쳐든다.

"흐으읍!"

진세희는 허벅지와 어깨의 통증을 참으며 기어코 몸을 움직였다.

마치 곡예를 부리듯 땅을 박차고 뛰어오르며 해청의 궤적에서 급히 탈출했다.

하지만 칼날은 위로 꺾이며 그녀의 발끝을 따라붙었다.

풍선처럼 허공에 뜬 진세희.

그녀는 자신의 왼쪽 발목이 공중으로 떠오르는 광경을 멍하니 바라보았다.

"끄아아악!"

여자의 표정이 악귀처럼 일그러진 순간.

검붉은 폭격이 지표면을 뒤덮었다.

[스킬 : '크림슨 웨이브'.]

콰카아아앙!

"……!"

코앞으로 밀려드는 지독한 피비린내를 피해 최원호는 뒤로 훌쩍 물러섰다.

마치 붉은 반죽에 직격을 당한 것처럼 장내는 엉망진창으로 변했다.

진세희가 내내 숨기고 있던 회심의 일격.

"허, 지독한 걸 익혀 뒀군."

크림슨 웨이브.

혈액을 매개로 강력한 부식을 일으키는 공격 겸 견제 마법이었다.

해청에게 발목이 잘리면서 흘린 자신의 피를 거꾸로 이용한 셈이다.

피 폭탄을 쏟아 낸 진세희의 모습은 온데간데없는 상태.

"어떻게 도망친 거지? 해청, 봤어?"

-응. 잘린 발목을 회수하더니 네 다리, 아니, 세 다리로 달려갔어. 인간도 그런 움직임을 보일 수 있구나……! 놀랍던걸?

남은 다리와 두 팔을 이용해서 어떻게든 도망쳤다는 것이다.

최원호는 혀를 차며 숲을 돌아보았다.

"그래 봤자 결과는 똑같을 텐데."

앞서 말했던 대로, 그는 패배할 자신이 없었다.

진세희가 어떤 무기를 감추고 있든.

신인류로부터 무슨 정보를 전해 들었든지.

'내가 질 일은 없어.'

지금 시점에서 자신과 호각을 이룰 상대는 백작과 존 메이든밖에 없다는 것이 그의 결론이었다.

하물며 진세희쯤이야.

'……그보다는 이 게이트에 더 신경을 써야겠지.'

사실 진세희보다는 저 깊은 벼랑 아래로 떨어뜨린 킹 셰퍼드들이 궁금했다.

직접 지형을 조작하긴 했지만 저 시커먼 무저갱 속에 무엇이 있는지는 최원호 또한 전혀 알지 못했다.

'사냥 성공 메시지가 뜨지 않은 걸로 봐선 죽지는 않은 것 같은데.'

지금으로서는 모를 일이었다.

최원호는 신성을 움직여 다시 지표면을 덮어 두었다.

어느새 사방이 고요해졌다.

"해청, 그 여자의 출혈 상태는 어땠지?"

-아주 심각하진 않았어. 마력을 응집해서 출혈을 막은 것 같던데?

"그래도 출혈이 있긴 있단 말이지?"

-응. 맞아.

최원호는 천천히 고개를 끄덕이며 돌아섰다.

그렇다면 군이 추격할 필요는 없었다.

진세희는 다시 나타날 것이고, 그땐 조금 더 '쓸모가 있는 상태'일 터.

어쨌거나 킹 셰퍼드들을 없애뒀기에 게이트 미션 진행은

훨씬 수월해진 상태였다.

"그럼 3번 미션부터 들어가는 게 낫겠네."

-오오, 그렇다면 '특별한 보물'이잖아! 말해 줘! 뭐가 준비되어 있는 거야?

"비밀."

-……치.

이번 게이트의 세 번째 미션.

-대목장에 숨겨진 '특별한 보물'을 획득하십시오.

최원호는 보상을 먹어치우기 위해서 발걸음을 옮기기 시작했다.

어쩌면 머잖아 이 세상에서 가장 필요한 것으로 여겨질지도 모르는 아티팩트였다.

골짜기 어딘가 깊숙한 바위 동굴 속.

"끄으으윽……!"

벽면에 기대고 앉은 진세희는 이를 악물면서 상처 부위를 누르고 있었다.

뭉쳐 두었던 마력을 회수하자마자 정신이 아득해질 정도

로 피가 쏟아졌다.

하지만 유한한 마력을 계속해서 밀어 넣을 수는 없는 노릇이었다.

다시 싸우기 위해서는 마력을 사용할 수 있어야만 했다.

상대는 그녀가 이해할 수 없는 힘을 사용하기도 했다.

바닥을 훅 지워 버리는 미증유의 힘.

'그건 뭐였지?'

의문이 들기도 했지만 몽롱해지는 머리로는 아무것도 답을 낼 수가 없었다.

우선 치료에 전념하기로 했다.

잘려 나간 부위에 고급 포션을 아낌없이 쏟아부어 1차 처치를 한 뒤, 발목을 신중하게 가져다 댔다.

그리고 가지고 있는 모든 마력을 동원하여 새로운 스킬을 전개했다.

[스킬 : '리바운드'.]

"컥!"

진세희는 눈을 까뒤집으며 뒤로 무너졌다.

눈앞이 시커멓게 변하고 숨이 턱 막혔다.

그녀의 내부에서는 모든 생명력이 한 점으로 응축되는 중이었다.

그리고 심장마저 얼어붙은 것처럼 멎었을 때.

"푸아아아아─!"

진세희는 깊은 숨을 토해 내며 죽음에서 되돌아왔다.

그녀의 사지는 여전히 경련을 일으키고 있었지만, 놀랍게도 모든 상처가 씻은 듯이 아문 뒤였다.

심지어 잘려 나갔던 발목 또한 깨끗하게 회복되었다.

"허억, 허억……. 돼, 됐어! 되는 거였어!"

순식간에 부상들을 말끔하게 날려 버렸지만, 진세희는 안도의 한숨을 내쉬고 있었다.

방금 사용한 기술 '리바운드(rebound)'.

다시 말해, 반향(反響).

이 어마어마한 스킬은 사실 진세희 자신의 것이 아니었다.

이번 게이트에서 백수현을 노리라고 지시를 내린 신인류에서 전수해 준 스킬이었다.

그렇기에 반인반의하고 있었지만, 막상 그 효력을 맛보자 식겁할 수밖에 없었다.

정말이지 말도 안 되는 스킬이었다.

'도대체 그놈들은 뭐지?'

그녀는 등골이 오싹해지는 기분이었다.

이런 스킬을 아무렇지 않게 건네주는 존재들에 대해서 아무것도 예측할 수가 없었으니까.

"……."

어쨌거나 그녀는 회복되었다.

포기할 생각은 없었다.

'플랜 B로 간다.'

비록 이번에는 거꾸로 당할 뻔했지만, 그녀는 다시 한번 사냥감을 노릴 작정이었다.

생포가 안 된다면 '백수현'의 목이라도 가져가야만 했다.

'그놈이 레벨 100이라고?'

애초부터 믿지도 않았지만.

설령 사실이더라도 무슨 수를 써서든 찍어 눌러야만 했다.

저 바깥에 도사리고 있는 '거대한 것들'의 존재를 알아버린 이상.

"후……."

진세희에게 다른 선택지는 없었다.

거부할 수 없는 뉴비

짙푸른 어둠 속.

장세현은 평범한 인상의 남자와 독대하고 있었다.

그는 여느 외국인들처럼 평범하게 어색한 한국어로 인사말을 건네 왔다.

"반갑습니다. '존 메이든'입니다."

그러나 그것만으로 충분했다.

악마종에게서 빼앗은 어둠마저 스멀스멀 밀려날 정도로 강력한 존재감.

남자는 자신이 이 지구상에서 가장 강력한 존재라는 사실을 너무나 간단하게 증명하고 있었다.

아마도 '신'에 가장 근접한 인간이 아닐까.

"제가 당신을 찾아온 이유, 알고 있습니까?"

"……."

존 메이든의 말에 잠시 침묵하던 장세현은 천천히 입을 열었다.

"여섯 형제단은 신인류의 계획에 반대하지 않습니다."

신인류는 여섯 형제단을 의심하고 있다.

특히 총수인 장세현이 자신들의 계획에 동조하는지 분명하게 확인하고 싶어 한다.

그렇기에 장세현은 힘주어 말했다.

"우리는 지구에서 게이트를 지울 수만 있다면 무엇이든 할 겁니다. 결사단이 그래 왔듯 말입니다."

이건 거짓이 아니었다.

테러리스트들은 결사단에서 파생되었으니까.

더 급진적인 형태일지언정 게이트를 소멸시키기 위해서라면 제 한 몸을 기꺼이 불사를 수 있는 이들이었다.

그렇기에 때문에 게이트의 발생점을 '인위적으로 유도'하고, 일거에 '소거되도록 강제하겠다'는 계획에는 찬동하는 것도 그리 이상한 일이 아니었다.

하지만 존 메이든은 피식 웃었다.

"백작은 당신에게 빌려준 그림자를 회수하고 싶어 합니다. 나에게 반납하십시오, 장세현."

"예? 아니, 어째서……!"

"당신이 '최원호'와 접선한 것을 간과할 수 없기 때문입니다."

그 말에 장세현의 얼굴이 딱딱하게 굳어졌다.

신인류는 이미 모든 것을 알고 있었다.

최원호를 위해서 신인류 조직 안에서 첩자 노릇이라도 하고 싶었지만…….

'기회조차 주어지지 않는 건가?'

하지만 끝이 아니었다.

"또는 이런 방법도 있습니다."

존 메이든이 희미한 웃음을 지으며 두 손을 벌렸다.

"무슨……?"

"당신 또한 평범한 '형제'로 돌아가는 것. 그런 다음 여섯 형제단의 조직을 신인류에 복속시킨다면 이야기가 달라질 수도 있습니다."

조직을 복속시키라고?

그 말에 장세현은 미간을 찌푸렸다.

"신인류가 형제단을 집어삼키겠다는 말입니까? 감히 그런……!"

신인류는 여섯 형제단의 자식뻘과도 같은 단체였다.

그런데 거꾸로 집어삼키겠다니.

게이트의 영원한 소거를 위해 싸우는 형제단에게는 모멸적인 이야기가 될 수밖에 없었다.

하지만…….

"곧 이사장이 제거당할 겁니다."

"예? 뭐라고요?"

"무왕이 제거당한 것처럼, 곧 '신세계'가 열리면 이사장 또한 자리를 잃을 것이라는 말입니다."

"아니, 어째서……?"

"당신은 그렇게 정해졌다는 것만 알고 계시면 됩니다."

어쩐지 기이한 기세가 느껴지는 말이었다.

남자의 말을 가만히 곱씹던 장세현은 퍼뜩 깨달았다.

"존 메이든, 벌써 당신이 무왕의 자리를 차지했군요?"

상대는 그저 신비롭게 웃을 뿐이었다.

불과 며칠 만에 신인류의 간부로 자리를 잡은 존 메이든.

장세현에게는 의미심장한 암시가 될 수밖에 없었다.

'신인류에게 조직을 바치고 들어가면, 나에게도 간부 자리 하나를 주겠다는 말인가?'

최소한 유력한 후보로서 안배받는 정도는 충분히 기대해 볼 수 있을 것이다.

생각에 잠겼던 그녀는 '2대 무왕'에게 질문했다.

"만약 그 제안을 거절한다면요?"

"말했듯이 당신은 그림자를 반납해야 할 것이고……."

존 메이든은 말꼬리를 길게 늘어뜨리며 싱긋 웃었다.

"아마 신세계가 열리더라도 별다른 '보호'는 받지 못할 겁니다. 신인류로 선택되기까지 상당히 시간이 걸리겠지요. 어쩌면, 영영 선택되지 못할 수도 있겠고."

신인류로 선택된다는 것.

이는 다가올 신세계에서 생존할 권리를 보장받는다는 것과 같은 말이었다.

그러므로 형제단의 조직을 갖다 바치지 않으면, 모조리 버려질 수 있다는 뜻이 되기도 했다.

"자, 선택하십시오. 기회를 드리는 겁니다."

존 메이든은 별일도 아니라는 듯이 여상한 눈빛으로 장세현을 바라보고 있었다.

하지만 상대의 눈동자 안에서 오고 가는 번뇌들을 단 하나도 놓치지 않겠다는 듯, 시선을 떼지 않고 있기도 했다.

장세현은 눈을 질끈 감았다.

'원호 오빠에게 계속 협력할 것인지, 아니면 클로저스 연합 안에서 첩자 노릇을 할 것인지 선택하라는 거네.'

그녀는 결단을 내렸다.

"예, 신인류가 여섯 형제단을 흡수하는 것에 동의하고 협조하겠습니다."

그러자 존 메이든은 아주 천천히 고개를 끄덕였다.

마치 그럴 줄 알았다는 듯이.

그리고 지금부터 지켜보겠다는 것처럼.

"……신세계가 열리면 간부 회의가 소집될 겁니다. 임시간부로서 출석을 준비하십시오."

나는 부지런히 돌아다니며 사슴들을 사냥했다.
워낙 넓은 게이트이기 때문에 미션을 하나씩 처리하겠다
고 움직이는 것은 미련한 짓.

[안내 : 남은 시간은 14일 9시간 11분…….]

만 하루 동안, 나는 전체 사슴의 3할 정도를 사냥하는 것
에 성공했다.
그런데 그 사이에 진세희는 내 앞에 나타나지 않았다.
'정확히 말하자면, 먼 외곽에서 빙빙 맴돌기만 했지.'
그러니 모습을 드러낸 적은 없다고 말할 수 있을 것이다.
저렇게 멀리서 날 감시하겠다니…….
제대로 보이기는 하나?
SSR급 궁수로서 시력을 강화하는 스킬이야 가지고 있겠
지만, 그것도 한계는 있는 법.
내가 갑자기 빈틈을 드러낸다고 하더라도 골든 타임 안에
도착할 수나 있을지 모르겠다.
'뭐, 알아서 하겠지.'

나는 그녀에게서 기감을 거두지 않은 채 산골짜기 깊은 곳으로 들어섰다.

그러자 여기저기에서 작은 토끼들이 귀를 쫑긋거리며 뛰어나왔다.

함박눈처럼 하얗고 뽀송한 털을 가진 작은 짐승들.

-우와! 귀엽다!

"글쎄."

해청의 감탄에 나는 아공간 주머니에 남아 있던 개 사료 몇 톨을 꺼내서 공중으로 휙 던졌다.

그러자 토끼들은······.

캬라라라락!

끼르르르르르······!

끔찍한 괴성을 지르며 아가리를 벌렸다.

놈들의 목구멍 사이에서 시뻘건 촉수들이 휘리릭 뛰어나오더니 개 사료를 낚아냈다.

그리고 톱날 같은 이빨이 사정없이 맞물리며 고기 조각을 마구 씹어 댔다.

와그작, 와그작, 와그작!

-······.

"······."

고작 개 사료를 씹는 건데, 예상하기 어려운 비주얼 탓인상당히 끔찍하게 보인다.

"이래도 귀여워?"

-징그러워!

"아마 내가 빈틈을 보인다 싶으면 바로 달려들걸. 쟤네 무서운 애들이야, 인마."

지금 이 산천에 깔린 토끼들은 모두 육식 토끼들이다.

코끼리보다 큰 경비견들에 비할 바는 아니지만 상당히 무서운 가디언들이라고 할 수 있다.

-그래도 선공은 안 하네?

"살아 있는 생명체는 건드리지는 않아. 하지만 죽었거나 죽어 가는 고기라면 미친 듯이 물어뜯지."

-우와…… 저런 생명체는 어디서 데리고 온 걸까? 혹시 누가 만드는 건가?

"……글쎄."

나는 점점 더 깊은 곳으로 들어갔다.

이 게이트의 세 번째 미션.

-대목장에 숨겨진 '특별한 보물'을 획득하십시오.

그 특별한 보물이 바로 이곳에 숨겨져 있었다.

사실 찾기 쉬운 장소는 아니다.

일단 사슴 사냥과 전혀 관련이 없는 구석진 곳이기도 하고……

'영원 모래 미로의 3구획처럼 감각 이상을 유도하는 효과가 있어서, 자칫하면 같은 곳을 빙글빙글 돌게 된단 말이지.'

그렇기 때문에 나는 내 감각이 아닌 새로운 기준점을 만들어서 움직이고 있었다.

바로 저 멀리에서 나를 노려보고 있는 진세희.

아마추어 암살자처럼 형형한 살기를 감추지 않고 있는 그녀가 내 나침반이었다.

덕분에 나는 명확한 방향 감각을 유지하며 앞으로 걸어 나갔다.

그리 오래 걸을 필요는 없었다.

[알림 : 특수한 장소 '왕의 헛간'에 진입했습니다.]

이내 거대한 오두막이 모습을 드러냈다.

시스템 메시지들이 눈앞에서 번쩍거렸다.

[정보 : 장소의 주인이 언제 돌아올지 모릅니다.]

[경고 : 체류 시간에 주의하십시오!]

"……주의는 무슨."

이 공간의 주인인 '녹왕'은 그리 쉽게 나타나는 존재가 아니었다.

일정한 조건을 맞춰야만 등장하는 히든 보스와도 같았다.

그러니 괜히 겁먹을 필요 없는 곳이었다.

−여기 물건이 너무 많은데? 그 특별한 보물이란 게 뭐야?

헛간은 창고를 겸하고 있었으므로 온갖 잡동사니들이 뒤섞인 상태였다.

쇠스랑, 낫, 넉가래, 곡괭이 따위의 농기구들이 가득 찬 곳.

나는 그 사이에서 뭔가를 집어 들었다.

"이거야."

−이거라고……?

해청은 납득하지 못하는 눈치였다.

그 길쭉한 물건을 든 나는 피식 웃었다.

사실 그럴 만도 했다.

내가 골라낸 도구는 '도리깨'.

어떻게 봐도 특별한 구석은 없어 보였고, 헛간에 자리를 잡고 있는 다른 농기구들을 고른다고 해도 전혀 이상하지 않을 듯했다.

……그리고 그건 사실이었다.

[알림 : 특별한 장소 '왕의 헛간'에 설치된 마법이 작동합니다!]

[안내 : 다른 모든 도구들이 증발합니다.]

파스스스스스-.

순간 가루로 화하여 흩날리는 헛간의 물건들.

상황을 알아차린 해청이 감탄했다.

-우오오옷! 그런 거구나! 딱 하나만 선택할 수 있게 만든 거지?

"비슷해. 그러니까 사실은 내가 여기서 뭘 고르든지 미션은 그대로 완료되는 거야."

-오오, 신기방기…….

"그러니까 어떤 도구를 고르느냐가 문제라는 말이지."

그리고 나는 처음부터 도리깨를 고를 생각으로 이곳에 왔다.

곧 세상에 이 도리깨가 필요해질 테니까.

[알림 : 획득한 아티팩트가 개화합니다!]

[알림 : 특별한 아티팩트 '풍요의 도리깨'를 획득했습니다!]

〈풍요의 도리깨〉

[도구] 수확된 곡식의 낱알을 때려서 껍질을 벗기는 농기구에 강대한 옛 존재의 힘이 깃들어 있다. 마력을 투입하여 모자라는 식량을 부풀릴 수 있다.

귀속 스킬 : 증식

-복사기네? 음식 복사기!

해청은 짧게 정리했고, 나는 고개를 끄덕였다.

정확한 표현이다.

마력을 쏟아부을수록 먹을거리를 뻥튀기하는, 강력한 생존형 스킬 '증식'이 내장된 아티팩트였다.

'풍요의 도리깨'가 아공간 주머니로 들어가자 해청의 목소리가 살짝 가라앉았다.

-주인, 주인은 사람들의 식량 문제까지 생길 거라고 생각하는 거구나? 그런 거지……?

나는 고개를 끄덕였다.

"맞아. 필연적인 수순이야. 전쟁이 모든 체계를 붕괴시킬 테니까. 그럼 당장 먹을 것부터 부족해지겠지. 곧 이런 종류의 기술들이 더 발굴되긴 하겠지만 미리 확보해 둘 필요가 있어."

나는 미션 완료를 알리는 시스템 메시지들을 대강 지워 버렸다.

[미션 : 숨겨져 있던 '특별한 보물'을 획득했습니다.]

[알림 : 세 번째 미션을 달성했습니다.]

이건 가장 쉬운 축에 드는 미션이었다.

모든 사슴을 처치하는 것은 노력이 필요했고, 미니 보스 사냥은 시간이 조금 더 필요했다.

'그리고 히든 미션까지.'

네 가지 중 고작 한 가지를 달성한 시점이었으니, 바쁘게 움직여야만 했다.

일단 나는 지체하지 않고 몸을 돌렸다.

그런데 바로 그때.

"……음?"

─주인도 느꼈어? 저 여자 말이야! 뭔가 이상한 짓을 하고 있어!

해청의 말대로였다.

방금까지 나에게 나침반 노릇을 하고 있던 진세희가 움직이고 있었다.

잠시 여헌터의 움직임을 감지하기 위해 집중했던 나는 그만 헛웃음을 짓고 말았다.

'이건 또 뭐 하는 거야? 아예 날 돕기로 한 건가?'

'이건 또 뭐 하는 거야? 아예 날 돕기로 한 건가?'

진세희가 미친 듯이 이쪽으로 달려오고 있었다.

무슨 생각을 하는 건지 모르겠지만 그건 날 도와주는 짓거리였다.

–두 번째 미션, '미니 보스 처치'.

이번 게이트의 미니 보스인 '반인반록 호그루마'는 끌어내기가 조금은 까다로운 축에 속하는 몬스터였다.

세 가지의 조건이 필요했다.

1. 전체 사슴 중 30% 이상이 사냥된 상태
2. 충분한 누적 대미지
3. 심각한 마력 방전

즉, 필드를 돌아다니면서 사슴을 부지런히 사냥했으되, 격렬한 육탄전을 벌인 데다 마력 소모를 많이 일으킨 헌터.

간단하게 요약하자면 '죽기 살기로 싸운 헌터'에게만 나타나는 미니 보스였던 것이다.

하지만 나는 죽기 살기로 싸우지 않았다.

마력 방전이야 세비지 에너지로 응축해서 융견에다 몰아넣는 식으로 자연스럽게 유도할 수 있겠지만.

나를 위협할 적수가 없는 상황에서 '충분한 누적 대미지'를 입는 것은 인위적으로 노력해서 만들어야만 하는 조건이었다.

그렇기 때문에 아직 미니 보스를 조우하지 못한 상황이었는데…….

'충분한 누적 대미지를 가지신 분이 제 발로 달려오네?'

나는 이미 진세희에게 상당한 대미지를 입힌 상태였다.

2번 조건도 이미 완성되었거나 근사치를 이루었을 터.

진세희를 더 두들겨서 마력 방전까지 이뤄 내기만 하면 또 하나의 미션을 완료할 수 있게 된다.

하지만 다음 순간.

─잠깐만……? 주인? 주인!

뭔가 새로운 것을 감지한 해청이 비명을 내질렀다.

나 역시 얼굴이 살짝 굳어졌다.

이쪽을 향해 달려오는 진세희의 배후.

그곳에 뭔가가 있었다.

'쯧, 날 돕는 게 아니라, 쫓겨서 오는 거였구나.'

이러면 이야기가 조금 달라진다.

10분 전.

진세희는 최원호의 움직임을 예의주시하고 있었다.

까마득한 거리였기에 안력을 최대한 집중해야 하는 상황.

그녀는 상대의 행선지를 보며 고개를 끄덕였다.

'역시 왕의 헛간으로 들어가는군.'

전해 받은 정보에 의하면, 저 헛간 근처에는 아주 강력한 감각 혼란 마법이 걸려 있었다.

그러니 방향 감각도 혼란스러울 텐데.

"……."

발걸음이 흔들리지 않는다.

상대는 정확하게 자신의 목적지를 향해 걷고 있었다.

'대체 어떻게 직선으로 가는 거지? 전혀 헤매지 않잖아?'

이상한 일이었다.

물론 진세희 역시 감각 혼란에 대한 대처 방법은 여럿 가지고 있었다.

아티팩트나 시약을 사용하는 대처법들.

하지만 지금 '백수현'은 그 어떤 수법도 사용하지 않고 있었다.

그냥 평범한 산길을 걷듯 터벅터벅 걸어가는데, 너무나 수월하게 길을 찾아서 가고 있었던 것이다.

멍하니 바라보던 진세희는 한숨을 푹 내쉬었다.

'저 괴물 같은 놈.'

인정해야 한다.

상대는 기존의 상식으로는 이해하기가 불가능한 헌터였다.

바로 그렇기 때문에 죽이지 말고 생포해 오라는 지시가 떨어진 것이다.

그들 또한 저놈을 궁금하게 생각하고 있었다.

"젠장……."

속을 쥐어짜는 듯한 열패감에 진세희는 가만히 입술을 깨물었다.

그리고 활을 고쳐 잡았다.

가슴 속에서 복수심과 호승심이 뒤엉키며 한층 더 단단해졌다.

생포하지 못하면 반드시 죽여 버리겠다는 결심이었다.

'이제 다시 사슴 사냥을 하러 떠나겠지? 그럼 북쪽의 칼날 능선을 통과할 수밖에 없을 거고. 그때 난 능선 일대를 폭파시킨다.'

능선을 이루고 있는 폭발성 암석 지대를 터트린다.

이는 김서옥이 전해 준 정보를 십분 이용하는 계획이었다.

제아무리 대단한 헌터라도 벼랑 전체에 일어나는 폭격을 피할 수는 없을 터.

'죽이진 못하더라도 대미지는 확실히 줄 수 있어.'

진세희가 나름의 확신을 가지며 몸을 일으켰다.

다음 장소로 미리 이동해서 계략을 준비하려 했다.

그런데 그 순간, 난데없는 목소리가 끼어들었다.

〈흐음. 이건 쓰레기로군.〉

"컥……!"

진세희는 어깨를 짓누르는 거대한 압력을 느꼈다.

갑자기 하늘을 뒤집어서 머리 위에다 쏟아붓는 듯한 무형의 충격.

'뭐, 뭐야?'

기이하게도 뒤를 돌아본 곳에는 아무것도 없었다.

회백색의 안개를 휘감은 텅 빈 허공이 그녀를 내려다보고 있었던 것이다.

하지만 그것은 분명히 존재했다.

놈이 터트리는 음산한 웃음소리가 증거였다.

〈도망쳐야지. 얼마 남지 않은 그 하찮은 목숨을 조금이라도 보전하고 싶다면…….〉

켈켈켈켈-!

"끄어어억."

귀가 먹먹해지고 당장이라도 머리통이 터질 것만 같은 압박감이 엄습했다.

진세희는 무릎이 무너지려는 것을 가까스로 다잡았다.

'도망쳐야 돼. 잡아먹힌다……!'

생존에 대한 본능이 다리의 움직임을 이끌었고, 그녀는 미친 듯이 도주하기 시작했다.

등 뒤를 따라오면서 자신을 한껏 비웃고 있는 '보이지 않는 존재'에 대한 정보들은 전혀 떠올리지 못했다.

〈3급 기밀 – 게이트 보스 정보〉
명칭 : 은둔 거인왕 '자하르'
등급 : 측정 불가
설명 : 특수 조건이 달성해야만 현현하는 히든 보스. 사실상 사냥이 불가능한 존재로 판단되며, 실물로 조우하는 경우에는 즉시 게이트에서 퇴각하는 것을 추천한다. 그러나 '인비저블' 상태에서는 완전히 무력하기 때문에……

신인류가 전해 준 지식 따위는 까맣게 잊은 채.
진세희는 오로지 살기 위해서 최원호가 있는 곳을 향해 질주하는 중이었다.

꒫

기다리던 것은 금세 나타났다.

[경고 : 미니 보스, '반인반록 호그루마'가 등장합니다!]

〈누가 우리의 보금자리를 침범하는가!〉

다행인지 불행인지, 숲을 뚫고 나타난 반인반수는 자신의 거짓 사명을 그대로 가지고 있는 상태였다.

피부가 따끔거릴 만큼 강력한 살기가 그 증거였다.

나는 재빨리 놈을 향해 신형을 쏘았다.

'진세희가 여기에 도달하기 전에 처치해야 한다.'

정확한 앞뒤 사정은 모르겠지만, 진세희는 이 게이트의 지배자를 매단 채로 달려오고 있었다.

저들이 도착하기 전에 미니 보스를 정리해야 한다.

그러지 못하면 상황이 무척 혼란스러워질 것이다.

놈은 EX급 보스 몬스터 중에서도 드래곤만큼이나 까다로운 존재였다.

'은둔하는 거인왕.'

산맥 포식자.

일명, 녹왕(鹿王) '자하르'.

아직 나타날 때가 아니었는데, 놈은 제멋대로 모습을 드러냈다.

"해청, 최대 출력으로 간다. 최대한 날카롭게 준비해!"

-응!

반인반록과의 격돌이 시작된 순간.

나는 몸을 낮추는 것과 함께 번주팡을 움켜잡았다.

그리고 마력을 한껏 밀어 넣었다.

[스킬 : '뇌체화'.]

눈앞이 번쩍였다.
그리고 위상의 명멸.
"⋯⋯."
나는 방금 막 모습을 드러낸 상대의 뒤통수를 바라보고
있었다.
온몸의 융견에서 방출된 세비지 에너지가 대흉근과 광배
근에 집결했다.
이제 검병을 비틀어 짜듯이.
후우욱―!
한계 너머까지 가속된 해청의 칼날이 공간을 가로로 찢으
며 검은색의 부채꼴을 그려 냈다.

[권능 : '챔피언 침팬지의 괴력'.]
[스킬 : '광성천검'.]

야성의 권능과 인간의 검술이 결합된 결과였다.
그런데 놀랍게도 미니 보스는 반응했다.
뜬금없이 사각지대에 나타나서 급소를 노리는 나를 감지
하고, 목을 꺾으며 몸을 꺾고 있었다.
하지만 광성천검은 예측할 수 없는 검술이다.

    그건 예측할 수 없는 움직임에 대항하는 최적의 수단이라는 뜻이기도 했다.

    피잇!

    〈놀랍군……!〉

    호그루마는 목뒤를 깊게 베이는 것을 피할 수 없었다.
    그리고 주저앉은 나에게서 물러났다.
    나는 곧장 따라붙었다.
    '틈을 주면 안 돼.'
    어떤 적들은 제압보다 처치가 쉽지만, 또 어떤 놈들은 적당히 쓰러뜨리는 것보다 처치하는 것이 더 어렵다.
    이 미니 보스는 그런 상대였다.
    끈질긴 생명력과 회복력.
    그리고 지능적인 전투 방식 때문에 우위를 점하더라도 결정적인 한 방을 먹이는 것이 어려운 적.
    '그나마 100레벨을 찍고 왔으니까 이 정도지…….'
    90레벨이었다면 이런 속도전은 엄두도 내지 못했을 것이다.

    [권능 : '도망자 치타의 폭주'.]

땅을 짓눌러 밟으면서 섬광처럼 뻗어 나간 그 순간.

'다시 한번 뇌체화.'

나는 마력을 쏟아부으며 공간을 점프했다.

그러자 호그루마가 내 움직임을 쫓아서 고개를 뒤로 돌리는 것이 느껴졌다.

이번에도 뒤쪽 공간을 점하는 움직임의 패턴이 고스란히 읽혔다는 뜻이다.

하지만 정작 나는 빈손이었다.

"어딜 봐? 앞을 봐야지."

나는 반인반수의 머리통을 향해 히죽 웃었다.

퍽!

목을 꿰뚫고 박힌 해청.

뇌체화로 공간을 건너 뛴 내 움직임은 미끼였고, 치타의 가속력을 이용해서 날아오던 칼날이 진짜였던 것이다.

〈이럴 수가……!〉

호그루마는 목에 칼날이 박히고도 발버둥을 치면서 재차 움직이려 했으나…….

-고무나무! 빈틈 벌리기!

콰직!

갑자기 해방 권능을 이용해서 폭발하듯 튀어나온 해청의

머리통에 의해 목이 떨어지고 말았다.

　-크! 오졌다……!

　"오지긴 뭘 오져? 그런 무식한 수법 좀 쓰지 마."

　-엥? 다 주인한테 배운 건데?

　"……."

　어쨌거나 미니 보스는 단 2합 만에 쓰러졌고, 시스템 메시지들이 내 눈앞으로 툭툭 떠올랐다.

　　[알림 : 미니 보스, '반인반록 호그루마'를 제압했습니다!]

　　[알림 : 두 번째 미션을 달성했습니다.]

　이제 세 가지 정규 미션 중에서 두 가지를 완료한 상황.

　간단하게 생각하자면, 남은 1번 미션인 '사슴 사냥'만 완료하면 끝인 것처럼 보인다.

　하지만.

　　[경고 : 어디선가 당신을 지켜보는 시선이 느껴집니다.]

　　[안내 : 남은 미션을 최대한 빠르게 수행하고, 즉시 게이트에서 벗어나기를 권합니다.]

　묘한 내용의 안내 메시지가 떠올랐다.

　이것이 바로 히든 미션의 전개 순서였다.

'이제 여기서 딱 한 가지 조건만 추가되면, 히든 보스이자 게이트 보스인 녹왕이 등장하는 건데.'

……이상하게도 녹왕은 이미 등장한 상태였다.

엄청난 속도로 이쪽을 향해 날아오는 진세희.

그녀의 뒤편으로 녹왕의 거대한 존재감이 선명하게 느껴지고 있었다.

일반적인 경우가 아니었다.

'자하르가 미리 나타났다. 그렇다는 말은…….'

놈이 신성에 반응했다는 뜻.

해청의 칼날에 묻은 반인반수의 핏물을 탁 털어 낸 나는 녀석을 거두어들였다.

그리고 한차례 깊게 심호흡했다.

이 사슴 목장의 주인이며, 아주 오래된 왕좌를 가지고 있다고 전해지는 거인왕은 결코 만만한 상대가 아니었다.

악마들만큼이나 냉혹하며 교활했다.

그러니 정신을 똑바로 차려야 한다.

'아주 작은 확률이지만, 정말로 내가 당할 수도 있어.'

나는 펼쳤던 기감을 거두어들이고 온몸의 근육을 이완시켰다.

반대로 마력은 한껏 끌어 올렸다.

빈틈없이 사냥하기 위해서.

그 대상은 바로…….

"끄아아악!"

[권능 : '음험한 개코 원숭이의 밧줄'.]

풀숲을 뚫고 튀어나온 진세희.
공포로 사로잡혀 괴성을 내지르는 그녀의 온몸을 단단하게 결박한 것이었다.

✦

나는 조금 놀랐다.
개코 원숭이의 밧줄에 칭칭 휘감겼음에도, 진세희가 벌떡 몸을 일으켰기 때문이다.
팔은 이미 완벽하게 포박당한 상태였고 다리 또한 하나로 묶였기에 움직이기는 거의 불가능했을 텐데…….
"크아아압!"
그녀는 마치 차력사처럼 기합을 넣으며 기어코 수직으로 몸을 세우는 것에 성공했다.
마치 한 마리의 거대한 자벌레를 보는 듯했다.
그렇게 놀라운 균형 감각을 자랑하며 펄쩍펄쩍 뛰어오르는 여헌터를…….
"누워."

"악!"

나는 툭 걷어찼다.

진세희는 그대로 나동그라졌다.

벌떡 일어난 것은 무척 인상적이었지만 나에게서 도망치는 것은 불가능했다.

제아무리 균형의 달인이라고 해도, 옆에서 걷어차는 것에는 당해 낼 수 없다.

게다가 나는 더 이상 올라갈 곳도 없는 만렙이 아니던가.

"크읍! 크으으읍! 카아아악!"

공포에 질린 진세희는 얼굴이 시뻘겋게 달아오르도록 용을 쓰고 있었다.

마력이 사방으로 미친 듯이 방사된다.

덕분에 미니 보스의 등장 조건도 다 맞춰졌던 모양이다.

내가 다가가자 그녀는 고래고래 소리를 지르기 시작했다.

"사, 살려 줘! 살려 달라고! 뭔가 오고 있어! 지금 당장 도망쳐야 돼! 어서어어어어!"

"지금 누구더러 살려 달라고 하는 거야?"

"제, 제발! 뭐든 할게. 제발……!"

두려움으로 완전히 미쳐 버렸는지 적아 식별이 전혀 되지 않는 상황이다.

나는 턱을 긁적였다.

단지 녹왕의 존재감 때문에?

하지만 지금의 녹왕은 그저 흉악한 위압감만 뿜어 댈 뿐, 헌터들에게 손끝 하나 대지 못하는 존재다.

　신인류로부터 정보를 받았다면 분명 알고 있을 정보였다.

　'이런 사람이 한국 랭킹 2위였다니.'

　한숨이 절로 나온다.

　보이지 않는 녹왕은 즐겁다는 듯이 웃고 있었다.

　〈흐흐, 때때로 벌레를 쥐어짜는 것도 나쁘지 않은 여흥이지.〉

　불현듯 놈의 존재감이 나를 바라본다.

　〈네놈, 나를 기억하고 있겠지? '대거인의 수로'에서 사흘 밤낮으로 싸웠으니 말이다.〉

　역시.

　자하르는 벤테시오그와 마찬가지로 나를 알아보았다.

　거인왕으로서 드래곤과 비슷한 격을 가지고 있었으니, 그리 놀랄 일도 아니었다.

　"그래, 자하르. 오랜만이네."

　〈흐흐흐흐. 반갑군. 다시 만나니 참으로 반가워. 피차 귀찮은 설명은 하지 않아도 되니 더욱 좋구나.〉

미친 듯이 펄떡거리는 진세희를 앞에 둔 채, 보이지 않는 거인은 나를 향해 맹수처럼 으르렁거렸다.

〈자, 해야 할 일을 해라. 당장 나를 현현시켜라. 이 더러운 족쇄에서 잠시나마 나를 해방시켜 다오! 그러면 네놈에게 응당한 보답을 내리겠다……!〉

"오냐."
그렇게 간절하게 말하지 않아도 어차피 해야 할 일이었다.
나는 진세희에게로 돌아섰다.
그녀는 턱을 덜덜 떨리고 있었다.
뒤엉킨 두려움과 분노가 느껴졌다.
"너, 넌 뭐야? 어떻게 게이트 보스와……?"
"말하자면 복잡한데, 굳이 그런 설명이 필요할까?"
"……!"
어차피 결말은 정해져 있다.
진세희 역시 그것을 알기 때문에 온 힘을 다해 몸부림치고 있었다.
하지만 그럴수록 이 밧줄은 더욱 더 강력해진다는 것.
'절대 모르겠지.'

[정보 : 포박된 대상이 분노할수록 밧줄은 단단해집니다.]
[알림 : 현재 강도는 1,250%입니다.]

12배 넘게 강화된 밧줄이라면 진세희가 아니라 수컷 고릴라 수인종도 묶어 놓을 강도였다.

그래도 진세희에게 마지막으로 한 가지를 질문했다.

"지금이라도 신인류에서 발을 뺄 의향은?"

"뭐……?"

그러자 진세희의 눈동자가 요동쳤다.

여자는 나에게 방금 살려 달라고 구걸했던 것을 까맣게 잊은 듯이 눈을 치켜떴다.

"이 새끼가 어디서 같잖은 영웅 놀이를! 그 입 닥치지 못해!"

거인왕이 지켜보는 가운데, 여헌터는 완전히 미쳐 버린 듯이 고래고래 소리를 질러 댔다.

"네가 영웅이라도 된 것 같아? 세상을 구원하기라도 하시겠다? 병× 같은 놈! 얼빠진 새끼! 착각하지 마라! 달라지는 건 아무것도 없어!"

"……."

"신인류도 마찬가지야! 아무리 신세계가 도래하더라도 세상은 변하지 않아! 어차피 쓰레기처럼 굴러가는 거라고! 대체 뭘 바꾸겠다고 나섰지? 결국 너도 올노운처럼 뒈지고 말

거라고!"

나는 말없이 피식 웃었다.

그 꼴락서니가 우스웠으니까.

진세희는 내가 준 마지막 기회를 시원하게 걷어차 버렸
다.

뻐엉!

그러나 정곡을 하나 찌르는 것에는 성공했다.

'영웅이 되고 싶은 거냐고?'

흠.

최소한 그 반대가 되고 싶지는 않았다.

세상 모두가 날 비웃는 상황에서도 기자를 불러다가 인터
뷰를 한 것.

이건 내 나름의 '정신 승리'였다.

'할 만큼은 했다. 내 경고를 무시한 것은 너희다.'

더는 하고 싶지도 않았고, 할 수 있는 일도 없었다.

그럼에도 불구하고.

다른 한구석에서는 뭔가 더했어야 했나, 하는 생각이 들
기도 했다.

'차원 연결이 시작되면 분명 지옥도가 펼쳐질 텐데, 내가
좀 더 노력했다면 한 사람이라도 더 살릴 수 있는 것 아냐?'

진세희의 말대로 이건 어쭙잖은 영웅 심리였다.

대체 그 신의 조각이라는 게 뭔지.

그냥 날 얌전히 지구로 돌려보내주기만 했다면 이런 건 신경 쓸 일도 없었을 텐데 말이다.

'쓸데없는 생각은 관두자.'

나는 진세희에게로 돌아왔다.

그리고 해청을 뽑아 들자 그녀는 다시 태세를 전환하여 미친 듯이 발악하기 시작했다.

"잠깐만! 잠깐만!"

"올노운처럼 뒈지기 싫어서 말이야."

"그건 실언이었어! 지금 날 죽여서 얻는 게 없잖아? 죽이지 마! 살려 줘! 살려 달라고! 제발! 뭐든 할 테니까……!"

방금까지는 나에게 욕설을 퍼붓더니, 이젠 마치 갓 잡아 올린 싱싱한 활어처럼 팔딱거리면서 읍소하고 있었다.

나는 망설이지 않고 칼날을 내리꽂았다.

"커억……!"

"내가 얻는 게 왜 없어? 너도 이미 알고 있을 텐데?"

"아, 안 돼애애……!"

"녹왕을 현현시키기 위해서는 헌터 한 사람이 죽거나 빈사 상태로 빠져야 한다는 것, 신인류가 알려 주지 않았나?"

"그, 그럼, 소생 작업을!"

"내가 바보냐? 어차피 또 덤빌 텐데."

진세희를 살려 두었을 때 얻는 것이 없다.

그러므로 나는 해청의 칼날을 비틀며 상대를 깊게 찍어

눌렀다.

"커, 크어억."

팔다리를 버둥거리던 여자는 이내 축 늘어졌다.

나는 칼을 뽑지 않은 채 입을 열었다.

"해청?"

-음, 마력과 심장 박동은 확실히 멈췄어. 그래도 확실하게 해야겠지?

"응."

이러니저러니 해도 진세희는 SSR급 중에서도 최상위권에 도달한 헌터다.

이런 경지에서는 심장을 꿰뚫리고도 잠시 살아 있거나 죽은 척 연기하는 것도 가능하니, 분명하게 끝을 확인해야 했다.

스걱!

나는 칼날을 뽑아서 진세희의 목까지 베어 버렸다.

여자는 완벽한 시체로 변했고 나는 서너 걸음 뒤로 물러섰다.

"……."

유감?

없다면 거짓말이겠지.

마치 입안으로 핏물이 튄 것처럼 텁텁하고 찝찌름했다.

그러다가 문득 이런 생각이 들었다.

'만약 신성으로 게이트를 조정하듯이 인간계도 조절할 수

있다면 좋을 텐데.'

그럼 이런 무의미한 비극도 피할 수 있지 않을까.

하지만 위대한 '영원'의 조각을 가지고도 그런 이적은 불가능했다.

마치 우리 세계의 여신이 인간들의 죽음을 관망할 수밖에 없는 것처럼.

내가 가진 신성 또한 한계가 명확했다.

'결국에는 인간의 몫이란 거지.'

마치 게이트를 공략하고 폐쇄하는 것처럼 사람들이 직접 해내야 하는 일이었다.

어쨌거나 이제 녹왕의 차례였다.

나는 보이지 않는 거인왕이 있을 곳으로 고개를 들어 올렸다.

그는 거대한 웃음을 터트렸다.

〈호쾌하군! 고맙다! 나의 벗이되 숙적인 자여……! 지금부터 현 현하겠노라! 하하하하하!〉

콰오오오오오-!

거대한 웃음소리와 함께 자하르의 존재감이 확장되기 시작했다.

산맥 포식자라는 이름에 걸맞게, 마치 온 산천을 다 메워 버릴 것처럼 자신을 부풀리고 있었다.

새로운 힘의 태양이 지면 위에 떠오른 그 순간.

[경고 : 게이트 보스 '녹왕 자하르'가 등장합니다!]

누워 있던 여헌터의 눈꺼풀이 들려 올라갔다.

"흐으음……."

시체답게 파랗게 질려 가던 얼굴에 혈색이 돌아오고 입가에 미소에 깃들었다.

그녀는 씨익 웃었다.

"좋군. 짜릿해."

"그러시겠지."

"살아 있는 몸을 가진 너희는 영원히 모를 쾌감이다!"

자하르는 광소를 터트렸다.

거인의 왕은 종족의 '제약' 때문에 몸을 가지고 있지 못했는데, 방금 죽은 진세희의 몸을 빼앗고 실물로 현현하였다.

이제 '그'라고 불러야 할지, '그녀'라고 불러야 할지 모르겠지만.

"최원호, 네놈을 다시 보게 될 줄은 몰랐다. 반갑고도 증오스러우며, 죽이고 싶지만 동시에 사랑스럽구나."

"난 그냥 역겨워."

"크크크크……!"

가까운 바위에 자리를 잡고 앉은 자하르는 즐겁게도 웃어 댔다.

　그리고 이마를 슬슬 문지르며 말했다.

　"예전처럼 나의 녹혈을 달라고 하겠지? 인간의 몸은…… 이토록 허약하니 말이다."

　투둑!

　자하르의 손이 닿은 이마가 혹처럼 불거지는가 싶더니, 피부를 찢으며 길쭉한 뿔이 솟구쳐 나왔다.

　사슴의 뿔.

　이 거인종은 사슴의 혈통을 가지고 있었다.

　그렇기에 자하르가 '녹왕(鹿王)'이라고 불리는 것이다.

　나는 천천히 고개를 끄덕였다.

　"그래, 녹혈. 최대한 많이 받아 가야겠어."

　나는 체내의 마력을 세비지 에너지로 변환하여 차곡차곡 저장해 둔 상태였다.

　이 게이트에 숨겨진 미션은 '히든 보스 전투'.

　마지막 전투에 돌입하기 위해서였다.

　몸을 빌려준 헌터가 강한 만큼, 녹왕 또한 강력한 전투력을 발휘하게 되어 있었으니.

　'쉽지 않을 거야. 진세희의 몸을 녹왕이 사용하는 거니까.'

　그래도 정석진 마스터가 아닌 게 어디냐 싶었다.

　원래는 그와 함께 이 게이트를 공략하고 녹왕에게 잠시

몸을 빌려주어 히든 미션을 공략하기로 계획되어 있었다.

그런데 진세희가 툭 튀어나오기에 나는 마다하지 않았다.

'아직 사슴 사냥을 완료하지 못했지만, 어쨌거나 최종 미션은 녹왕을 쓰러뜨리는 것.'

나로서도 상당한 위험을 감수해야 할 고난도 미션이었다.

분명 그랬는데ㅡ.

"자, 가져가라."

"……?"

허리께에서 단검 하나를 슥 뽑은 녹왕은 손가락 끝에서 피를 줄줄 쏟아 내고 있었다.

대체 어떻게 했는지, 놈은 진세희의 아공간까지 열어서 적당한 유리병까지 하나 꺼내 든 상태였다.

칼 한번 맞대지 않고 검붉은 녹혈이 찰랑찰랑 채워졌다.

의외의 상황에 나는 눈살을 찌푸렸다.

"뭐야? 미친 건가?"

"그럴 리가. 녹용도 하나 줄까?"

"미친 것 맞는 것 같은데……. 아니! 필요 없어! 뿔 자르지 마!"

"흠."

뭐지?

예정된 미션에 따르면 우리는 전투를 치러야만 했다.

내가 가진 신성에 의해 거짓 사명에서 자유로워졌다고 하더라도, 그 미션이 어디 가는 것은 아니었다.

그런데 이런 엉뚱한 짓을 한다는 것은?

"네놈은 모를 것이다. 우리 사이에서 이엘린 왕녀가 얼마나 유명해졌는지."

"이엘린이 유명해졌다니? 그럼, 설마 너도……?"

"그래, 그거다. 나 또한 '정복자'의 자격을 되찾고 싶다! 부디 혜량하여 주기를 희망한다. 나의 벗이되 숙적인 자여."

거인왕은 천천히 고개를 숙였고, 내 눈앞으로 메시지들이 떠올랐다.

[알림 : 게이트 보스, '녹왕 자하르'를 제압했습니다!]
[알림 : 숨겨진 미션을 달성했습니다!]

"……이런 미친."

거인은 드래곤 저리 가라 할 만큼 콧대가 높은 종족이다.

그런데 고개를 숙여?

'하, 자하르마저 이런 식으로 나올 줄은 몰랐는데…….'

어안이 벙벙한 나에게 녹왕은 싱긋 웃음을 지어 보였다.

"그리고 네놈이 솔깃해할 이야기가 있다."

"뭔데?"

"차원이 연결된 뒤에 세계가 어떻게 되는지 알려 주겠다. 우리가 이미 경험했던 일이거든. 어떤가? 나쁘지 않은 거래

일 듯한데?"

"……!"

놈의 말대로, 그것은 도저히 거절할 수 없는 제안이었다.

나는 진세희의 몸을 가진 자하르와 함께 게이트를 빠져나왔다.

그리고 11월 16일.

세계 각지에서 전례가 없는 대규모 차원 역류들이 연달아 발생했다.

멕시코, 슬로베니아, 키르기스스탄, 볼리비아, 모잠비크.

내가 파괴한 러시아 시베리아를 제외하고.

총 다섯 군데에서 반경 수백 킬로미터를 파괴하는 초월적인 마력 폭발이 발생하면서 타계와의 연결 통로가 만들어졌다.

그 결과, 인간들의 세계는 '대변혁'을 맞이했다.

어쩌면 인간종에게 멸종을 가져다줄지도 모를, 2차 차원 전쟁이 시작되는 순간이었다.

다음 권으로 이어집니다

ROK
MEDIA
로크미디어

황태자는 은퇴가 하고 싶습니다

로튼애플 퓨전 판타지 장편소설

황제가…… 과로사?
이번 생은 절대로 편하게 산다!

31세에 요절한 황제 카리엘
개같이 구르며 제국을 지킨 대가는
역사상 최악의 황제라는 오명?
싹 다 무시하고 안식에 들어가려 했더니……

"다시 한번 해 볼래? 회귀시켜 줄게."
"응, 안 해."
"이번엔 욜로 라이프를 즐겨 보면 어때?"

사기꾼 같은 신에게 속아 회귀하게 된 카리엘
즐기며 편히 살기 위해서는
황태자 자리에서 먼저 내려와야 하는데……

제국민의 지지도는 계속 오른다?
황태자의 은퇴 계획, 과연 성공할 수 있을까?

하북팽가 검술천재

이도훈 신무협 장편소설

정마 대전의 영웅, 무無부터 다시 시작하다!

목숨 바쳐 싸웠음에도
가차 없이 '팽' 당했던 광귀, 팽한빈.

현세와 작별까지 고했는데…… 어라?
눈 떠 보니 20년 전?
심지어 '하북 최고의 겁쟁이' 시절로 회귀했다?

[용안龍眼으로 구결을 확인하시겠습니까?]

흩어진 구결을 다 모아 비급을 완성한다면
하북 최강이 되는 것도 시간문제!
겁쟁이보단 망나니가 낫겠지!

팽가의 수치가 도, 아니 검술천재로 돌아왔다!

꿈의 도약, 로크에서 하십시오
(주)로크미디어에서 신인 작가를 모십니다

즐거운 세상, 로크미디어는 꿈을 사랑하고 도전을 두려워하지 않는 작가 분들의 참신한 작품을 기다리고 있습니다. 21세기 장르 문학계를 이끌어 갈 차세대 선두 주자 (주)로크미디어에서 여러분의 나래를 활짝 펴 보시길 바랍니다.

모집 분야 판타지와 무협을 포함한 장르 문학
모집 대상 아마추어 작가, 인터넷 작가
모집 기한 수시 모집
작품 접수 시 유의 사항
　　1. 파일명은 작가명_작품명.hwp형식을 갖춰 주십시오.
　　1. 파일에 들어갈 내용은 다음과 같습니다.
　　　― 성명(필명인 경우 실명을 밝혀 주세요), 연락처, 이메일 주소
　　　― 제목, 기획 의도
　　　― A4용지 1장 분량의 등장인물 소개
　　　― A4용지 2장 분량의 전체 줄거리
　　　― 본문
　　1. 작품이 인터넷에 연재되고 있다면, 게시판명과 사이트의 구체적이고 정확한 주소를 기재해 주십시오.

선택된 작품은 정식 계약 후 출판물로 간행되어 전국 서점에 유통됩니다.
작가 분은 (주)로크미디어의 전폭적인 지원하에 전속 작가로 활동하시게 됩니다.
※ 자세한 내용은 로크미디어 홈페이지(rokmedia.com)를 참조하세요.

(03920)서울시 마포구 성암로 330 DMC첨단산업센터 3층 318호
(주)로크미디어 편집부 신간 기획 담당자 앞
전화 : 02) 3273 - 5135
www.rokmedia.com　　이메일 : rokmedia@empas.com

One for all
원포올

일라잇 스포츠 장편소설

작렬하는 슛, 대지를 가르는 패스
한계를 모르는 도전이 시작된다!

축구 선수의 꿈을 품은 이강연
냉혹한 현실에 부딪혀 방황하던 중
운명과도 같은 소리가 귓가에 들어오는데……

당신의 재능을 발굴하겠습니다!
세계로 뻗어 나갈 최고의 축구 선수를 키우는
'One For All' 프로젝트에, 지금 바로 참가하세요!

단 한 번의 기회를 잡기 위해
피지컬 만렙, 넘치는 재능을 가진 경쟁자들과
최고의 자리를 두고 한판 승부를 벌인다!

실력만이 모든 것을 증명하는
거친 그라운드에서 당당히 살아남아라!

기갑천마

거짓이슬 퓨전 판타지 장편소설

종말을 막지 못한 절대자
복수의 기회를 얻다!

무림을 침략한 마수와의 운명을 건 쟁투
그 마지막 싸움에서 눈감은 무림의 천하제일인, 천휘
종말을 앞둔 중원이 아닌 새로운 세상에서 눈을 뜨는데……

"천휘든 단테든, 본좌는 본좌이니라."

이제는 백월신교의 마지막 교주가 아닌 평민 훈련병, 단테
그럼에도 오로지 마수의 숨통을 끊기 위해
절대자의 일 보를 다시금 내딛다!

에이스 기갑 파일럿 단테
마도 공학의 결정체, 나이트 프레임에 올라
마수들을 처단하고 세상을 구원하라!